CONTR

SUSAN▮ ▮▮▮▮▮▮▮▮

ALREVÉS

BARCELONA 2012

Primera edición: septiembre de 2012

Diseño e ilustración de portada: Mauro Bianco

Editorial Alrevés S.L.
Passeig de Manuel Girona, 52 5è 5a • 08034 Barcelona
info@alreveseditorial.com

Impresión:
Reinbook Imprès, sl

ISBN: 978-84-15098-64-5
Depósito legal: B-23122-2012
Código IBIC: FF

Printed in Spain

*Para las lobas, por vuestro apoyo, vuestro cariño
y por todo lo vivido juntas. Os quiero mucho*

Es fácil ser valiente desde lejos.

ESOPO

A lo único que debemos temer es al miedo como tal.

FRANKLIN D. ROOSEVELT

PRIMERA PARTE

La cuenta atrás

El teléfono sonó casi a las siete de la mañana de un domingo lluvioso. La subinspectora Santana tardó en escucharlo, o más bien tardó en procesar correctamente la información. La ventana se abrió violentamente azotada por un viento malhumorado y una ráfaga de aire lluvioso penetró en la habitación. Maldiciendo, rodó por la cama, cerró la ventana y alcanzó el teléfono justo antes del cuarto tono.

—¿Diga? —murmuró somnolienta.

—¿Dormías, Rebeca? —La voz de su compañera, la subinspectora Miriam Vázquez, vibró acusatoria, como si dormir fuese un delito penado con la cárcel.

—Tú lo has dicho —rezongó—, dormía hasta que me has fastidiado el sueño. Bueno, ¿qué pasa? Espero que sea importante.

—¿Estás sentada?

—Acabo de sentarme en la cama. —Se restregó los ojos. Una luz de alarma empezó a destellar en algún rincón de su cabeza embotada—. ¿Me vas a decir qué ocurre o no?

El silencio en la línea telefónica se hizo pesado. La respiración agitada de Vázquez resonaba estridente. Santana comprendió que algo terrible había sucedido.

—¿Han encontrado a otra víctima? —aventuró.

Vázquez carraspeó al fin con tanta fuerza que tuvo que lastimarse la garganta.

—Sí... —Hizo otra pausa infinita—. Pero no es una víctima cualquiera, Rebeca.

—¿Qué quieres decir?

—La conoces.

—¿Qué? ¿Es alguien que conozco? —Las palabras se le pegaron al paladar.

—Sí, alguien a quien conoces mucho —explicó despacio.

—Me estás asustando, Miriam.

—Lo siento muchísimo... —La voz de Vázquez flaqueó.

Vázquez pronunció el nombre de la víctima número seis. Santana soltó el teléfono y vomitó en la alfombra. El viento volvió a abrir la ventana de par en par.

—¿Rebeca? Rebeca, ¿estás bien? Estoy muy cerca de tu casa. Por favor, no te muevas de ahí. ¿Me oyes? ¿Rebeca? ¿Rebeca?

14 días antes

Malos tiempos para la lírica

Mireia se cercioró de haber desconectado el ordenador, recogió el abrigo del perchero y apagó la luz de su despacho. El edificio estaba en silencio, los pasillos oscuros y quietos. A lo lejos sonaba la radio del guardia de seguridad. Un día agotador: dos reuniones, una presentación y la preparación del viaje a Berlín. Al día siguiente, a las cinco de la mañana estaría en pie. No podía quejarse, en el fondo. Era lo que quería. Trabajaba como adjunta de proyectos en una empresa informática, ganaba un buen sueldo, viajaba a menudo y apenas tenía vida social. Ya jugaría al parchís y vería la tele cuando se jubilase. Por el momento sus prioridades eran otras. El puesto de director de proyectos estaba vacante, y la lucha por hacerse con el codiciado caramelo no había hecho más que empezar. Sería una pelea cruenta y despiadada y Mireia no iba a escatimar esfuerzos. Berlín sería el primer escalón, el despegue definitivo.

—A descansar, Mireia, que ya es hora.

—Y que lo digas. Estoy reventada.

El vigilante no cejaba en su empeño de llevarse al huerto a alguna de esas ejecutivas finolis. Tenía una apuesta pendiente con sus compañeros. Mireia era la candidata número uno.

—Buenas noches, guapa.

—Buenas noches, Ramón.

Salió al exterior del edificio acristalado, se subió el cuello del abrigo y caminó a paso ligero hacia su coche. El baboso de Ramón le estaba mirando el culo, seguro. En la cena de Navidad incluso se había atrevido a pedirle una cita al amparo de muchas copas de cava. Podía seguir soñando. Mireia no iba a perder el tiempo con muertos de hambre. Apuntaba mucho más alto. Aceleró el paso. Como todos los trabajadores de la empresa, disponía de una plaza de *parking* en el subterráneo del edificio, pero no era partidaria de utilizarla. Se sentía más segura aparcando al aire libre, al menos en horas laborables. De noche cerrada tampoco es que le hiciera mucha gracia. El viento se huracanaba por momentos y dificultaba dar dos pasos seguidos. Mireia se tapó los ojos con el brazo para protegerse de los papeles y hojas que sobrevolaban los coches. Las llaves del coche resbalaron entre los guantes de piel y se le cayeron al suelo. Maldiciendo, se agachó. Apenas veía nada, el pelo se le venía al rostro. Intentó apartárselo. Le pareció escuchar un ruido a sus espaldas. Se volvió, en cuclillas, en el mismo momento en que sus dedos tropezaron con las llaves. El impacto en la mandíbula fue brutal, la derribó contra el suelo. Sintió el crujir de la cabeza y la espalda, y la sangre que empapaba su abrigo nuevo. Pensó confusamente que tendría que irse a Berlín sin su precioso abrigo y, antes de que pudiera reaccionar, otro golpe en el centro de la nariz la noqueó de nuevo.

Entró en una sucesión de intervalos de lucidez y pérdidas de consciencia. No supo cuánto tiempo había transcurrido, quizás horas o solo minutos. Estaba en el interior de un maletero, amordazada y atada de pies y manos. Hacía mucho calor y le costaba respirar. Percibió el traqueteo del coche al circular por un trazado irregular. El camino empeoraba por momentos, los baches se sucedían y, a cada uno, la cabeza de Mireia rebotaba violentamente contra la chapa del vehículo. Un hilo de sangre se derramó desde la sien, le salpicó los ojos y se mezcló con las lágrimas de pánico y de impotencia. Intentó chillar. Sus gritos de auxilio morían en la aspereza angustiosa de la cinta aislante. Otra vez perdió el conocimiento. Lo recobró al unísono con la sensación desagradable del agua helada sobre su ropa. Ya no estaba en el maletero. Se esforzó por adaptar la vista a la oscuridad. Del exterior llegaba un silencio impenetrable y Mireia supo con toda certeza que estaba lejos de la ciudad, en algún paraje perdido donde nadie la encontraría jamás. Tembló de la cabeza a los pies sin ningún control. Los dientes castañeteaban aprisionados por la mordaza mojada y manchada de sangre. Sintió ganas de vomitar. De pronto, la puerta se entreabrió con un estruendoso crujido de la madera.

—Me alegro de que estés despierta, Mireia.

La penumbra le impedía adivinar los rasgos de su captor, sin embargo aquella voz le pareció vagamente familiar.

—Quiero que lo disfrutes plenamente.

Se acercó despacio, sus pasos estremecían alguna tabla suelta. La sombra avanzó hacia ella, y entonces la reconoció.

Santana llegó entrada la noche al pequeño estudio que había alquilado en la calle Tallers, muy cerca de la plaza Castella. Cuando le mostró su nueva vivienda a Vázquez, su compañera la miró fijamente sin molestarse lo más mínimo en moderar la expresión de asco: «Hija, no nos pagan una fortuna, pero te puedes permitir algo mejor».

Sonrió al pensar en Miriam Vázquez. *La Marquesa*, como era conocida entre sus compañeros, resultó un hueso duro de roer durante sus primeros tiempos en la unidad, un año y medio antes, pero acabaron congeniando. Santana sabía que Vázquez la apreciaba a su manera ácida y descreída, y el sentimiento era mutuo. Abrió una lata de cola y se sentó junto a la ventana. No estuvo del todo mal la noche, tampoco para tirar cohetes. El concierto al que acudió por complacer a Vicky, pasable, y la cena posterior con compañeros de la ONG en la que trabaja su amiga, un tanto aburrida. O quizás era culpa suya. De un tiempo a esta parte le costaba prestar atención, entrar en las conversaciones. La noche habría estado bastante mejor si hubiera conseguido, durante una décima de segundo, quitarse a Malena de la cabeza. Desde las primeras semanas posteriores a la ruptura luchó a brazo partido por desterrarla de sus pensamientos. Se lo tomó como un reto personal. Lo intentó de todas las maneras posibles, por lo civil y por lo criminal, recurriendo al ejercicio físico extenuante que limpiase su mente y machacara su cuerpo, redoblando las sesiones de terapia, trabajando hasta perder la cuenta de las horas extras acumuladas. Ninguna estrategia dio resultado. Perdió peso y ganó masa muscular, sacó de quicio a su terapeuta y adelantó tanto trabajo que la unidad casi se queda sin asuntos pendientes, pero Malena seguía ahí, anclada en su pensamiento, en su piel y en su respiración. Se terminó el refresco. Era tarde para llamar a la mayoría de las personas, pero no a Virginia. Como psiquiatra estaba habituada a llamadas intempestivas.

—¿Molesto?

—Estaba redactando un informe.

Su tono daba pie a pocas zalamerías.

—¿Aina está currando, verdad?

—Sí. ¿Qué te pasa, Rebeca?

—Eso quisiera saber yo.

—Ya no soy tu terapeuta, ¿recuerdas? Llama a Roberto Segarra, que es el que te cobra.

—No seas rencorosa, Virginia. Te llamo como amiga.

—Eso estaría bien si no hiciese siglos que me evitas —replicó con acritud.

—No te evito. He estado ocupada.

—Tienes tiempo para quedar con Aina y con Vicky pero no para quedar conmigo.

—Virginia, tú siempre me complicas la vida, y ya la tengo bastante complicada, ¿sabes?

—Entonces ¿para qué coño me llamas?

—Para nada. Olvídalo. —Cortó la comunicación.

El teléfono sonó de inmediato.

—No quieres que sea tu terapeuta, no quieres acos-

17

tarte conmigo y ni siquiera quieres quedar para un café. ¿Qué quieres, Rebeca, que te dé la receta mágica para olvidar a tu princesa? Pues lo siento, no la tengo. Esta vez no puedo llevarte de la manita.

Vázquez se quitó de encima el brazo de Terim, su espectacular masajista turco reconvertido en amante a horas sueltas. Nunca había entendido el sueño fulminante que ataca a los hombres justo después del orgasmo. Cierta vez se lo preguntó a Marcos, su exmarido.

—Es porque los hombres nos vaciamos en el sexo. Lo damos todo.

—¿Y nosotras no?

—Algunas veces, cuando no fingís.

Con Terim no fingía, desde luego. Era un animal erótico de primer nivel. Lo contempló maravillada con una extraña mezcla de deseo y culpa. Podría haber posado perfectamente para los antiguos escultores griegos o para los maestros renacentistas. No tenía nada que envidiarle al David de Miguel Ángel. Lástima que fuese tan joven, y tan turco, y estuviese tan loco por ella.

Al día siguiente, el viento amainó. El vendaval había barrido la atmosfera y el aire sabía a limpio y a mar. Santana apenas durmió un par de horas y adolecía de un humor nefasto del que se estaba haciendo inseparable. La chica que amanecía sonriendo entre los besos de Malena, que encaraba la jornada laboral flotando, colocada de la química especial que destilaban juntas, había desaparecido. Ya no se reconocía a sí misma. No era la Rebeca que vivió un año mágico con la abogada, ni mucho menos la Rebeca anterior, optimista y de trato agradable, era otra, una tercera Rebeca desquiciada y perdida que no le caía nada bien. Se subió la cremallera de la cazadora y respiró hondo. Hacía un día precioso, presagio de buenos momentos. Cruzó el portal y se quedó atónita, algún desaprensivo había pinchado las ruedas, rajado el asiento y roto los retrovisores de su Harley-Davidson, además de dejar un regalito en forma de raya en toda la chapa.

El comisario Pinzón paseó la mirada por la unidad.

—Vázquez, ¿y Santana?

—No lo sé, señor. Estará al llegar.

—En cuanto llegue, vengan. Tengo que darles noticias.

—¿Buenas o malas?

—Una mala. La otra, según se mire.

Con estas enigmáticas palabras, el comisario se retiró a su despacho. Santana hizo acto de presencia a los veinte minutos, desencajada y rabiosa.

—¿Te lo puedes creer? —Blandió la nota escrita a ordenador que encontró en el asiento de la moto—. Hay un pirado acosándome. Si es que estoy de pega.

—Déjame ver eso.

Vázquez sujetó el papel por un extremo. La posibilidad de que hubiese huellas dactilares era remota, pero merecía la pena investigarlo.

«Eres una cabrona, Rebeca. Te acordarás de mí.»

—¿Sabes quién es?

—Ni idea.

Entraron al despacho del comisario. El jefe miró la hora de su reloj y miró a Santana.

—Siento el retraso, señor. Me han pinchado las ruedas de la moto y me la han dejado para el arrastre. Dentro de un rato iré a por la moto de sustitución.

—Está bien, está bien. —Movió las manos como apartando a una mosca imaginaria—. A ver, la noticia mala es que ha habido otra violación con asesinato. Parece obra del mismo tipo. Pónganse con los cinco sentidos. Acaban de encontrar el cadáver, cerca del Montseny. La otra noticia, no es buena ni mala. Sabrán que el inspector jefe Robles está de baja a causa de un accidente doméstico. —Las subinspectoras asintieron—. Los de arriba se han empeñado en enviarnos a una sustituta para cuatro o cinco semanas. Ya les advertí que era innecesario, que Crespo podía ocupar el puesto de Robles temporalmente... En breve, les presentaré a la inspectora jefe. Por ahora es todo. En fin...

La presentación de la sustituta de Robles levantó una fuerte expectación. Los rumores corrían como ardillas locas por los pasillos de la jefatura. Casi a la hora de comer, Santana y Vázquez se dirigieron al anatómico forense. Mireia Lozano, la segunda mujer violada y asesinada en el transcurso de un mes, fue hallada en la cuneta de una carretera comarcal, estrangulada y vejada de un modo salvaje. En los quince meses que llevaba en el Cuerpo, Santana había tenido la desgracia de vérselas con bastantes cadáveres, algunos en las condiciones más denigrantes. El de Mireia Lozano no se contaba entre los más estremecedores, y, sin embargo, la impresión fue insoportable. Quizás fuesen los vestigios inequívocos de la violación lo que la sacudió tan violentamente. Había sufrido múltiples desgarros tanto anales como vaginales al ser penetrada en repetidas ocasiones con un objeto punzante, probablemente un chuchillo jamonero. La muerte le sobrevino por estrangulamiento. El agresor usó una prenda de ropa de la joven, las bragas a juzgar por las fibras que quedaron impregnadas alrededor del cuello. Sin saber cómo, las lágrimas resbalaron por el rostro de Santana. Al principio ni siquiera fue consciente; de hecho, se percató de que ocurría algo fuera de lo normal por la expresión de su compañera. Con un gesto discreto, Vázquez le señaló la cara y, al tocarse, se dio cuenta de que estaba llorando. Tosió y se sonó para disimular.

—¿Se encuentra bien? —preguntó solícito el ayudante del forense.

—Estoy un poco resfriada.

—En esta época del año todos caemos. Paracetamol, y mucho líquido, es lo mejor.

—Gracias, así lo haré.

Salieron a la calle. Había vuelto a llover. Santana se llenó los pulmones de aire y se secó los ojos disimuladamente. Vázquez, dos pasos por detrás, comprobó el móvil y la interceptó cuando subía a la moto de sustitución prestada por el concesionario.

—¿Qué te ha pasado? Has visto cosas mucho peores.

—Me estaba imaginando la violación, y no lo sé, me ha impresionado. Es una salvajada lo que le han hecho a esa chica. —Sorteó a su compañera, se puso el casco y dio gas.

—Desde luego que es una salvajada. —Vázquez levantó la voz para hacerse oír por encima del rugido de la Harley suplente—. Pero da la casualidad de que eres subinspectora de homicidios. Tienes que controlarte.

—Lo sé, pero no soy una puta máquina, ¿vale? —Arrancó levantando una oleada de agua que empapó el exclusivo traje chaqueta de La Marquesa.

—La madre que te parió, Rebeca. ¡Joder!

Carpe diem

La primera víctima de violación y asesinato, Luisa Benavente, de treinta y siete años, vivía en la calle Lima, en el humilde barrio del Bon Pastor. Era auxiliar de geriatría, separada y madre de dos niños pequeños. Su cuerpo apareció en un solar de Mollet, diez horas después de que la canguro de sus hijos denunciase su desaparición. Igual que a Mireia, el agresor la penetró con un cuchillo jamonero, provocando innumerables desgarros en el ano y en la vagina. También, como la ejecutiva, fue golpeada con extrema violencia, con el resultado, en ambos casos, de mandíbula desencajada y tabique nasal reventado. La muerte de las dos mujeres se produjo por asfixia. Santana se posicionaba firmemente en la hipótesis de que el agresor priorizaba la vejación sexual por encima del asesinato.

—Las estrangulaciones son un colofón del acto en sí. La cereza del pastel de su fantasía enfermiza, pero no creo que sea una necesidad primordial. Violar sí es una necesidad básica para él.

—¿Cómo estás tan segura? —Vázquez arrojó a la papelera el cuarto café de la mañana.

—No estoy segura para nada. Si pudiera estar segura de estas cosas, me ficharía el FBI, tendría una casa de estilo sureño en el estado de Virginia y cobraría un sueldo asquerosamente alto.

—En el FBI no te dejarían vestirte así, niña. Olvídate. Van todos de pingüino.

Santana repasó su chaqueta de chándal negra con el anagrama de la Vespa, los vaqueros rotos y las botas negras de motorista.

—Eso es verdad. Que le den al FBI —sonrió. Últimamente sus sonrisas escaseaban. Vázquez se dio cuenta en aquel preciso momento. Estuvo a punto de hacer un comentario, pero decidió que era mejor no darle más importancia—. En serio. —Santana reanudó la conversación—. Por lo que nos han dicho los especialistas de Delitos Sexuales y lo que he podido consultar de casos similares, estoy razonablemente segura.

—En tal caso... —Vázquez aspiró su cigarrillo electrónico en un lamentable intento de reproducir el añorado binomio café-cigarrillo—, si lo que le tira es violar, es casi imposible que se haya iniciado ahora, ¿no? Por lógica, debería haber empezado su carrera con violaciones o agresiones sexuales de algún tipo. Sería muy extraño que un buen día se cayese de la higuera y le diese por violar y asesinar, ¿no te parece?

—Tiene que haber hecho intentos previos, un entrenamiento. Creo que tienes razón. Hay que hurgar en los archivos en busca de agresiones o violaciones en las que se usara un objeto, sea cuchillo, botella o lo que sea. Y por favor... —Casi sonrió de nuevo—. Quítate esa cosa de la boca.

—¿Qué quieres que haga? —respondió airada—. En este puto país no se puede fumar en ninguna parte. Cualquier día los vecinos me denuncian por fumar en el jardín de mi casa y me queman viva como a las brujas de Salem.

—Anda, sal a fumar un pitillo y cálmate, que con ese artilugio de juguete no te puedo tomar en serio. Yo empezaré a remover el archivo, a ver si suena la flauta. Y las brujas de Salem no murieron quemadas, las condenaron a la horca.

Vázquez salió a por su dosis de nicotina, frustrada y combativa. ¿En Andorra habría una ley antitabaco semejante a la española? Tendría que averiguarlo. El día menos pensado, le daba un brote y se exiliaba a los Pirineos. Al cuerno el Cuerpo, su amante, su exmarido y las leyes que prohíben la muerte lenta y rutinaria de los fumadores empedernidos. El único pero era Vero, su hija de veinte años. ¿Qué haría con ella? ¿Podría arrastrarla a Andorra con la promesa de un pase vip para Caldea y jornadas de esquí infinitas? Con esa idea en mente regresó junto a Santana.

—Me iré a Andorra. Lo tengo claro —espetó, sentándose en su silla con una elegancia que contradecía el tono y las maneras.

—¿Vas este fin de semana? Tráeme un queso.

Meneó la cabeza muy seria.

—A vivir.

Santana levantó la vista del ordenador y chasqueó la lengua.

—Vale, pero primero resolvemos el caso.

—Lo digo en serio.

—Que sí, mujer.

Durante toda la mañana Santana buceó en los insondables laberintos del archivo policial, mientras Vázquez tomaba declaración al subdirector y al guardia de seguridad de la empresa en la que trabajaba Mireia.

—Era una buena chica —barbotó entre sollozos el subdirector de la empresa—, una buena chica.

Vázquez pensó que las palabras del subdirector, con toda su sencillez, venían a ser un magnífico epitafio.

—Solía aparcar el coche en el *parking* exterior —explicó a su compañera a modo de resumen—. Le daba miedo el aparcamiento subterráneo. Me cago en la leche, pobrecilla. Por lo que he deducido era ambiciosa, aspiraba a un ascenso. Salía de trabajar a las tantas. Según su jefe era una buena chica, muy trabajadora y responsable. De su vida privada afirma no saber gran cosa, pero a mí me da que se metía en la cama con ella o que tenía previsto hacerlo muy pronto. Si se lo estaban pensando, ahora ya no podrán hacerlo. Hay que aprovechar el momento, está visto. Nunca se sabe lo que puede pasar.

—*Carpe diem* —corroboró Santana.

—Eso es. Figúrate que mañana se me cae una maceta en la cabeza. ¿Para qué habrá valido todo esto, eh? ¿Para qué? Si es que me tengo que ir a Andorra antes de que sea demasiado tarde. Cada vez lo veo más claro.

—Cuéntame más.

—Vi una casa en Ordino que estaba tirada de precio, con unos arreglillos quedaría como...

—Que me cuentes de Mireia Lozano.

—Niña, qué poco te interesa mi crisis existencial.

Santana encogió los hombros despreocupadamente.

—Me sobra con la mía —dijo.

—Antes no eras así.

—¿Así cómo?

—Tan borde.

—He tenido la mejor maestra. —Hizo una reverencia.

—Bueno, nada, que te la traen al pairo mis planes de prejubilación. Pues vale. —Revisó las declaraciones—. A ver... el segurata le tenía ganas.

—Sí que estaba solicitada.

—Casi tanto como tú.

Santana esbozo una mueca burlona.

—Este no tenía nada que pelar, creo. Se le nota cierto resentimiento, aunque está afectado. Es, exceptuando al asesino, la última persona que la vio con vida, o al menos que afirma haber hablado con ella. De la agresión no vio ni oyó nada que le hiciera sospechar.

—Habrá que echarle un vistazo.

—No estaría de más. ¿Y tú qué me cuentas?

—Hubo un caso de un tío que violó a dos niñas en Lleida, hace tres años. Las desmembró con una sierra. ¿Sabes que es un tipo de tortura que la Santa Inquisición aplicaba a hombres y mujeres homosexuales?

—¿En serio?

—Sí, y también se utilizaba contra las brujas. Se colgaba a la víctima boca abajo y se le cortaba el tronco desde la entrepierna. Por la posición, la pérdida de sangre es muy lenta y el tormento se podía prolongar durante días hasta que se desangraban o se les desgarraba el diafragma.

—Lo habrías tenido crudo, Rebeca, en esos tiempos.

—Las dos lo habríamos tenido crudo.

—¿Cómo que las dos?

—Tú por bruja y yo por bollera.

Vázquez arrojó una bola de papel que Santana esquivó con una finta.

—¿Nada más?

Santana negó desalentada.

—Por ahora nada. Creo que me pasaré por los domicilios de Luisa Benavente y Mireia Lozano.

Vázquez la miró inquisitiva.

—¿Con qué objeto, Hutch?

—Necesito ver sus entornos cotidianos, Starsky. Saber un poco más de ellas. Qué clase de personas eran. Tiene que haber algún vínculo, algo que las conecte.

—Vale, a tu aire. Nos vemos cuando acabes.

La cuñada de Luisa Benavente la esperaba en el interior del piso. Olía a polvo y a cerrado, aunque la mujer había abierto de par en par las ventanas y la puerta de una pequeña galería con vistas al patio de luces. Rozaba los cincuenta años, era extremadamente flaca y vestía con poco garbo el uniforme de una frutería.

28

—Estoy trabajando. ¿Va a tardar mucho?

—No lo creo.

—¿Viene a buscar huellas?

—No.

—Entonces, ¿para qué ha venido? —preguntó con descaro—. Ya estuvieron aquí, poniéndolo todo patas arriba. Después pusieron una cinta amarilla como en las películas y luego la quitaron.

Santana la miró con cara de malas pulgas. No le gustaban nada su nariz aguileña ni sus modales bruscos.

—¿Trabaja en la frutería de la esquina?

—Sí.

—Vaya, si quiere ya le bajo las llaves en cuanto termine.

La mujer la escrutó desconfiada.

—No tiene usted pinta de policía.

Ya le había mostrado la placa. ¿Qué quería, el expediente de la academia?

—¿Y de qué tengo pinta?

Estaba empezando a perder la paciencia. La cuñada de Luisa Benavente la repasó de arriba abajo y arrugó la nariz.

—Yo qué sé. De cualquier otra cosa.

—¿Me deja las llaves o se queda?

Le tendió las llaves sin mirarla.

—Cierre bien cuando salga —rezongó.

Liberada de la presencia de la encantadora cuñada, Santana se sintió libre para campar por el piso a sus anchas. Era muy pequeño: dos habitaciones interiores amuebladas con mobiliario antiguo y de mala calidad, el comedor, un baño con plato de ducha no apto para personas voluminosas y una cocina increíblemente estrecha. Repasó sus notas. Luisa Benavente tenía dos hijos. Esperó, por el bien de las criaturas, que su tía no se hiciese cargo de ellos. Salvo el polvo y una angustiosa sensación de claustrofobia, allí no había nada. Luisa no tenía ordenador, ni teléfono fijo. Sus cosas estaban apiladas en unas cajas dentro de un armario de tres puertas bastante desconchado. Pasó revista rápidamente: ropa que pedía a gritos la jubilación, unos cuantos CD de música romántica bastante trasnochada, un *discman* estropeado, una carpeta pequeña y abultada repleta de facturas, la mayoría impagadas, tres marcos con fotos de sus hijos, un llavero sin llaves y un puñado de cartas sin abrir. Con qué poco se puede resumir una vida. Tres cajas de Lejía Conejo bastaban para albergar los treinta y siete años de Luisa Benavente. Seguro que no era esto lo que soñaba de niña; un piso feo, cuatro cosas venidas a menos, una cuñada rancia y una muerte horrible. Menuda estafa. Deseó de corazón que en algún momento de su vida alguien la hubiese amado locamente. Se llevó las cartas al comedor, allí por lo menos corría un poco de aire. Todo estaba tan sucio que no se atrevió a sentarse. Se apoyó en la mesa y rasgó el primer sobre, la factura del teléfono móvil. La estudió a fondo. Nada llamativo. Luisa tenía contratada una tarifa plana de lunes a viernes hasta las seis de la tarde y se ceñía a ella a rajatabla. A partir de esa hora no hacía llamada alguna. Los números a los que llamaba se repetían constantemente. Habían pedido la colaboración de la compañía telefónica. Como era de esperar no hallaron nada de interés. Echó a un lado dos cartas publicitarias y abrió la misiva del banco. Contenía un extracto de la cuenta. Tampoco parecía deparar nada del otro mundo. Gastos domésticos y poco más. Con un sueldo de auxiliar de geriatría y dos hijos que mantener, Luisa no se podía permitir grandes dispendios.

La segunda parada la llevó a una zona de la ciudad mucho más familiar. Mireia Lozano había vivido en un amplio ático en el límite entre el Eixample Esquerra y Les Corts, en la confluencia de Londres y Calàbria. El portero le hizo entrega de la llave sin mayores complicaciones. La diferencia entre los dos pisos no podía ser más acusada. Mireia llevaba un tren de vida elevado. Saltaba a la vista. La decoración del ático era lujosa y minimalista. Tenía una distribución muy parecida a la del piso de Malena, y no era la única semejanza. La ejecutiva informática y su exnovia coincidían en los gustos pictóricos. Ambas sentían debilidad por Kandinsky. Pero eso no era todo. Santana sufrió un impacto al reconocer, colgado en el salón, un cuadro de Raúl Montero, el hermano de Malena. ¿Sería posible que Mireia y Malena se conocieran? Vivían bastante cerca, a pocos minutos a pie, y habían nacido el mismo año. Desechó la idea. Seguramente estaba bordeando peligrosamente la locura. Raúl era un pintor reconocido. Cualquiera con dinero y gusto por el arte podía tener uno de sus lienzos en el salón. Mireia, como buena informática, poseía dos portátiles, un ordenador de sobremesa y un sinfín de aparatos de última generación. Le constaba que los informáticos del Cuerpo ya los habían chequeado a fondo, pero no se pudo resistir a echar un vistazo. Dos de los ordenadores estaban vacíos. Al parecer su propietaria ni siquiera había llegado a estrenarlos. Uno de los portátiles estaba operativo, pero solicitaba una contraseña de acceso que Santana desconocía. Contactó con los técnicos, siguió sus instrucciones al pie de la letra y entró. Mireia lo tenía todo informatizado, los gastos, los ingresos, los contactos telefónicos, el dietario. Toda su vida estaba en aquel cacharro ultramoderno. Un mensaje anunciaba que tenía correo nuevo. Entró sintiéndose miserable. Casi todos sus *e-mails* eran sobre cuestiones profesionales, excepto un par de una amiga llamada Maite, que preguntaba si asistiría a la cena de exalumnos del Sagrado Corazón. Menos mal que Malena no estudió en el mismo colegio. Otra coincidencia habría disparado definitivamente su paranoia. Salió del correo y curioseó los documentos y las fotos almacenadas en el disco duro. Nada interesante. Profanó el dormitorio de la víctima. «Lo siento, Mireia.» Seguía sin abandonarla, desde sus primeros pasos en el Cuerpo, una desagradable desazón al escarbar en la intimidad ajena. No sentía ninguna curiosidad morbosa, y sí una inmensa vergüenza, trasteando los objetos personales de personas que ya no tenían opción a la defensa ni a la réplica. La habitación de Mireia estaba minuciosamente ordenada. Su armario acogía la típica ropa de ejecutiva y algunas prendas deportivas, todo de buena calidad. Abrió los cajones. Pasó por alto su ropa interior y unas esposas nada policiales y sí muy eróticas. ¿Qué sería de aquellas esposas que a juzgar por su aspecto apenas arrastraban un par de usos? Entró en el cuarto de baño, lujoso y vanguardista como todo el ático. Vázquez habría disfrutado como una enana revolviendo los potingues de marcas que a Santana apenas le sonaban de las vallas publicitarias. Registró el neceser de viaje. Entre los productos de higiene habituales, algo duro, negro y brillante llamó su atención. Vació el contenido. Un USB de ocho *gigas*. Se apresuró a regresar al comedor y conectó el USB al ordenador. Estaba lleno de fotos. Besos en las góndolas, besos debajo de los puentes, besos en la *trattoria*. Por fin, Mireia Lozano cobraba una dimensión humana. Amplió la cara del acompañante y llamó a Vázquez.

—¿Qué pasa, niña? No puedes vivir sin mí.

—¿El subdirector de New Project es un tío calvo de ojos marrones?

—Afirmativo.

—Bingo y línea para ti. Mireia y el subdirector de la empresa mantenían una relación.

—¿Cómo lo sabes?

—Los estoy viendo besarse en todos los rincones de Venecia.

La luz del contestador automático parpadeaba. Pulsó el botón. Dos mensajes nuevos. El día de su muerte su madre le dejó un mensaje deseándole un feliz viaje a Berlín. El segundo mensaje era del banco. Una voz masculina informaba a la señorita Lozano de que podía pasar a recoger su nueva tarjeta de crédito.

De vuelta a la unidad, intercambió impresiones con Vázquez y procuró apartar a Malena de su cabeza. Bielsa asomó la cabeza por el quicio de la puerta, carraspeó y, con una voz ampulosa y algo forzada, de barítono aficionado, anunció, muy solemne:

—Santana, Vila quiere verte.

—Que pase, Bielsa, gracias.

Vila golpeó con los nudillos la puerta entreabierta.

—Buenas. —Mostró su simpática sonrisa ratonil.

—Buenas. —Santana le señaló la silla.

Él movió la cabeza sin dejar de sonreír.

—Es una visita exprés —se disculpó.

—¿Has procesado la nota?

Vila asintió. Su sonrisa de roedor desapareció tan deprisa que dio la impresión de que nunca había estado allí.

—Lo siento, Santana. La nota está limpia como una patena, ni una maldita huella. El papel es muy vulgar, se puede comprar en cualquier bazar chino. Y de la impresora, nada, una Epson corriente.

—Gracias de todas formas, Vila.

El técnico de la Científica apenas se demoró medio minuto más.

—Pon una cámara —recomendó Vázquez—, a ver si pillas a esa tarada. Sabes que del acoso a la agresión hay medio paso.

—¿Qué te hace pensar que se trata de una mujer?

Vázquez ladeó la cabeza, escéptica.

—Me apuesto lo que quieras.

—Debería pedir permiso a la comunidad de vecinos para colocar una cámara —reflexionó Santana en voz alta.

—No necesariamente.

—Eso es ilegal —objetó.

—Que te jodan la moto y te metan el miedo en el cuerpo también es ilegal.

—No sé —vaciló—, hay una normativa muy clara.

La instalación de cámaras de videovigilancia se rige por la instrucción 1/2006, si no me falla la memoria, y la Ley de Protección de Datos, claro. No puedo saltarme las normas a la torera, Vázquez.

—A veces hay que hacer lo que hay que hacer y punto.

—Ya, pero el fin no siempre justifica los medios, diga lo que diga Maquiavelo.

—Depende del fin y depende de los medios —replicó Vázquez, salomónica. Y con esta filosófica aseveración zanjó el asunto—. Vamos a comer. Me muero de hambre.

—Invito yo —se ofreció Santana—, te lo debo por la ducha gratis del otro día.

Y dejó caer una media sonrisa que dadas las circunstancias era casi un lujo.

—Me dejaste calada hasta los huesos. Eso no se hace.

—Lo siento. Estoy muy nerviosa.

—Disculpas aceptadas. Pero exijo comida de verdad, nada de pescado crudo japonés. Las guarradas, niña, en la cama. En la mesa, a comer como Dios manda.

Comieron como Dios manda en un restaurante de comida tradicional catalana de la calle Bonsuccés, muy cerquita de las Ramblas, y a la vez a resguardo de los típicos restaurantes para turistas que ofrecen paella plastificada y sangría venenosa a precio de oro. Degustaron entremeses variados, arroz caldoso con bogavante, albóndigas caseras con sepia y, de postre, crema catalana para Vázquez y arroz con leche para Santana.

—Me mata no poder fumar después de comer, tomando el cafelito tan ricamente. —Vázquez saboreó el carajillo de whisky—. Es como ir al cine y no comer palomitas, un asco. Toma. —Le tendió un bolígrafo y una libreta de anillas—. Haz una lista de las locas con las que hayas ligado últimamente. No podemos dejar pasar lo de tu moto. Hay mucha rabia en esa nota, Rebeca.

—Hombre, mira, ahora hace ya tiempo que no paso a ligar por el loquero. No ligo con locas, ¿sabes?

—Parece que sí —apostilló con malicia.

—Siento defraudarte. No necesito hacer ninguna lista. Estoy muy baja de forma últimamente. —Movió las cervicales maltrechas—. ¿Cómo anda Vero? Hace días que no hablamos.

—Bueno, está en modo veinteañera normal, que ya es mucho. Creo que anda tonteando con un compañero de clase. Al menos, este no está casado. Llámala un día de estos. Siempre me pregunta por ti.

—La llamaré.

Vázquez salió a fumar. Con cierto reparo y mucha curiosidad entró en una tienda de ropa hindú. Un océano de telas brillantes inundaban los ojos. Era imposible esquivarlas: tapices, pañuelos, vestidos, pantalones de pernera ancha, colchas... Flotaba en el ambiente un delicado aroma a incienso distinto a los que usaba Terim, más tenue y embriagador, sin esa carga un tanto pesada. La mujer hindú que regentaba el negocio la observaba con una curiosidad no exenta de recelo. Estaba habituada a guiris despistados, jovenzuelos amigos de lo ajeno y a toda clase de fauna urbana. Quizás por eso le dedicó una suave sonrisa y desvió la mirada hacia la calle. Después de todo, no la consideró lo suficientemente peligrosa, tan solo una mujer de mediana edad un poco excéntrica. Entonces reaccionó como si le hubieran atizado con una barra de hierro en medio del cráneo. Eso era ella, ni más menos. Una mujer de mediana edad chalada que buscaba rejuvenecer en brazos de un adonis turco quince años más joven. Y siquiera conseguía quererlo, eso era lo más triste de todo. Si lo amara, la locura, el bochorno de parecer una adolescente desbocada de hormonas tendrían una disculpa. Sin amor, solo quedaba, desnuda y árida, la lujuria, su ridículo miedo pequeñoburgués y una autoestima más inestable que la Torre de Pisa. A toda prisa, salió de la tienda. La mujer hindú la obsequió con otra bonita sonrisa a la que Vázquez correspondió con un abrupto movimiento de cabeza. Santana salía del restaurante, abrochándose la cazadora mientras sujetaba el móvil entre el hombro y el oído y en la otra mano sostenía el abrigo de Vázquez. Asintió un par de veces, se acabó de abrochar la cremallera, le tendió el abrigo y colgó.

—¿Dónde estabas?

—Curioseando. —Señaló la tienda.

—¿Te pasa algo?

—Nada —negó, con poca convicción.

—Me ha llamado Crespo —informó Santana, y Vázquez presintió que ocurría algo importante. Lo percibía en la postura de los hombros de su compañera y el brillo de sus ojos. Tiempo atrás, a ella también le brillaban los ojos en los momentos cumbres de una investigación, cuando saboreaba la subida de adrenalina y se tensaba como un leopardo en día de caza.

—¿De qué se trata? —se interesó, haciendo un esfuerzo.

—Una violación en Cambrils, el verano pasado. La misma pauta. Violación con un cuchillo. No sé muchos más detalles. Crespo nos enviará lo que tenga al móvil.

—¿No hubo asesinato?

—Afortunadamente. Vamos a por el coche. Si le das como tú sabes, llegaremos en poco más de una hora.

Sexo, vídeos y libros de autoayuda

La primera vez que Malena entró a comprar un libro de autoayuda le acometió un sentimiento de vergüenza que no recordaba haber sentido desde que se inició en los *sex shops* varios años atrás. En realidad, no era comparable, se sintió mucho menos abochornada preguntando al salido de la tienda por un juguete erótico que al acercarse a la caja para que le cobrasen el libro. En la cola, procuró mantenerlo bien oculto al mismo tiempo que hacía una rápida inspección a las adquisiciones de los otros compradores: novela histórica, de suspense, guías de viaje, las memorias de Ricky Martin. Lecturas de personas normales. Nadie compraba libros para perdedores y suicidas en potencia. Claro que algunas de esas obras encabezaban las listas de más vendidos en el apartado de no ficción. Es decir, alguien los compraría. Mal de muchos, consuelo de tontos. Tardó dos días en atreverse a volver la primera página. Temía a aquel libro absurdo como si se tratase de un tomo maldito que fuese a arrastrarla al insoportable país de Alicia y el pesado de su amigo el conejo. Se arrellanó en el sofá con el apoyo imprescindible de un té muy cargado y se enfrentó al dichoso libraco. Si había podido con el derecho romano, podría con aquello.

«La felicidad depende de uno mismo, no de los sentimientos o decisiones de otras personas.»

Sorbió el té. No tenía del todo claro si era una gilipollez suprema o el súmmum de la sabiduría. Quizás ni una cosa ni otra. Una gilipollez con cierta lógica. La frase revoloteó por su cabeza durante varios días. Una mañana se envalentonó y decidió creérsela, y aún más, aplicarla. Se convirtió en su lema vital. Su felicidad (o al menos su bienestar, tampoco es cuestión de pasarse) no dependería de las veleidades de Rebeca y su comportamiento inmaduro. Su felicidad dependería única y exclusivamente de sí misma. Como teoría, soberbia. ¿Sabría llevarla a la práctica? El libro proporcionaba los tornillos pero no aclaraba dónde encajarlos, y el bricolaje nunca fue el fuerte de Malena.

«Que no sea de nadie quien pueda ser dueño de sí mismo.»

La permanente del rizo. Otro té ultracargado al coleto.

Malena se agarró a las frases como un borracho a una farola. Necesitaba recobrar el equilibrio. Al primer libro lo siguieron muchos otros, la friolera de once en menos de tres meses. Ya apenas leía otra cosa, salvo *El País*. Se había convertido en una adicta a la autoayuda.

Una noche se fusiló doscientas páginas de golpe. Estaba no feliz, pero casi contenta, idiotizada en su nueva adicción. Entró en el despacho de su casa al filo de las tres de la mañana y se sentó frente al ordenador. Abrió un nuevo documento de Word y escribió ciento cincuenta veces «Ya no te necesito». Cuando acabó, suspiró satisfecha. Se quedó embobada ante la pantalla sin mirar nada en especial. El amarillo de una carpeta le saltó a los ojos. Llevaba por título «Privado». ¿Qué era aquello? Pinchó en el icono para salir de dudas. Se trataba de un vídeo. Cada vez más intrigada, lo reprodujo. Más adelante maldeciría aquel momento. Rebeca se revolvía sobre su piel. Mierda. Lo paró inmediatamente, pero los daños colaterales ya habían empezado a hacer mella. Estaba excitada y dolida. Recordó el vídeo y la tarde que lo grabaron en un hotel de Sitges. Lo había olvidado por completo. Rebeca debió guardarlo. Mierda, mierda, mierda. Pensó en escribirlo ciento cincuenta veces pero le pareció que empezaba a rayar en la imbecilidad absoluta. Los diez segundos de visionado se llevaron por delante la presa que cuidadosamente había construido a base de frases y fuerza de voluntad. Los recuerdos y el dolor hicieron el resto, echaron abajo su resistencia y volvieron con la familiaridad hiriente del que en realidad nunca se ha ido. Apagó el ordenador y volvió a la cama, pero ya no consiguió conciliar el sueño.

Llegaron a Cambrils al anochecer. Por el camino, Crespo les envió la información relativa a la violación. Se produjo el 29 de julio del año anterior. La víctima, Marina Guerra, era gerente de un hotel en Salou. La asaltaron a las doce y cuarenta y cinco de la noche, en una calle adyacente a su casa, donde te-

nía por costumbre aparcar el coche. Santana llamó
tres veces al teléfono de contacto que figuraba en la
denuncia, pero no obtuvo respuesta. El GPS tonteó
un par de veces hasta que se dieron cuenta de que
estaban dando círculos a la misma manzana de casas
y decidieron preguntar a un apuesto joven que hacía
footing embutido en un ajustado chándal negro que
hizo las delicias de Vázquez. Cinco minutos después,
circulaban a marcha lenta por delante de la hilera de
casas pareadas de blanco inmaculado y trazos ibicen-
cos.

—Es esa —dijo Santana—, la letra G. Hay luz. Menos mal.

Estacionaron junto a una explanada de césped recién regado, salpicada por unos columpios relucien-
tes y un puñado de bancos de diseño muy moderno
y poco práctico. Todo el conjunto parecía extremadamente cuidado. El olor a sal anunciaba que el mar
andaba a la vera. Santana escrutó la oscuridad a través de los reflejos dispersos de las farolas. Paralelo
al parque discurría el paseo marítimo, y a sus pies,
la playa. El agua era una masa negra y espesa. No se
veía un alma por los alrededores. Caminaron aprisa
los escasos cien metros que las separaban de las ca-
sitas ibicencas. Vázquez llamó al timbre con energía.
La puerta de la casa se abrió y apareció una mujer de
treinta y tantos años, esbelta, de larga cabellera cas-
taña y mirada desconfiada. Se abotonó la chaqueta de
punto color crema y las miró inexpresiva.

—¿Qué quieren?

Vázquez mostró la placa y dio las explicaciones
pertinentes. Marina miró en varias direcciones. No

parecía muy dispuesta a bajar el escalón de la entrada, cruzar el pequeño sendero de hierba y abrir la verja para que entrasen.

—Váyanse —dijo finalmente.

—Venimos de Barcelona expresamente para hablar con usted, señora Guerra. Tan solo le pedimos unos minutos de su tiempo. Nos sería de gran ayuda —intervino Santana, echando mano de su famoso tono apaciguador.

—Está bien. —Bajó el escalón—. Pero solo diez minutos.

El interior estaba agradablemente caldeado. Tomaron asiento en sendos sillones, frente a la propietaria, que marcaba la distancia entre ella y las policías, sentada muy tiesa en el borde del sofá.

—No le robaremos mucho tiempo —aseguró Santana—. Sabemos que es muy duro volver a recordar lo sucedido, pero es imprescindible. Habrá visto la prensa.

—Sí —admitió—. ¿Creen que se trata del mismo hombre?

—Lo estamos valorando —respondió prudente.

—Usted tiene la suerte de poder contarlo. —Vázquez cortó en seco las delicadezas—. Luisa Benavente y Mireia Lozano no tuvieron la misma fortuna. Necesitamos que nos cuente lo que ocurrió.

—Nunca había pensado que ser violada... —tembló—, y menos como lo fui yo, pudiera considerarse una suerte. —Apartó la mirada de Vázquez y se cruzó la chaqueta—. Volvía de trabajar. Era tarde, sobre la una de la noche. Trabajo en Salou, como gerente en el Hotel Gran Sol, y estábamos en temporada alta.

—¿Era normal que regresara a casa tarde? —preguntó Santana.

—Sí, en julio y agosto no tengo horario. Hay mil imprevistos que resolver. —Tomó aire—. Aparqué en una bocacalle del paseo. Es más bien un callejón, la parte trasera de un restaurante. En verano esto está lleno de coches y casi siempre acabo aparcando por allí. —Se retorció las manos nerviosa y desvió una mirada aprensiva hacia la puerta—. Más vale que acabemos pronto. Mi marido no quiere que remueva... todo... todo aquello. Cree que puedo olvidarlo. —Afloró a sus labios una expresión incrédula—. Como si se pudiera olvidar algo así. —Se pasó la mano por la cara—. Salí del coche, me volví un momento para recoger un portafolios y noté que me empujaban al interior. Después... —tragó saliva—, sentí un dolor muy fuerte en la nuca y supongo que perdí el sentido. Al cabo de no sé cuánto tiempo me desperté. Un hombre me... me aprisionaba las piernas. Estaba sentado encima, ¿entienden?

Las subinspectoras asintieron a la vez, como robots programados. Una suave llovizna empezaba a golpear tímidamente los cristales de las ventanas. El ambiente era acogedor. Inoportunamente, Santana sintió un arrebato de sueño. De buena gana cerraría los ojos y se quedaría en aquel salón cálido y poco iluminado escuchando el sonido de la lluvia.

—Olía a colonia masculina, a... a sangre, a sudor. Me dolía todo el cuerpo y no podía moverme. Levanté un poco la cabeza, pero me mareaba. Me golpeó otra vez y me su... su... sujetó del cabello muy fuerte. Luego me penetró con el cuchillo, y perdí el sentido.

—¿Pudo verle la cara en algún momento? —inquirió Vázquez.

—No, no se quitó el pasamontañas, al menos mientras yo estaba consciente. ¿Cómo puedo estar segura de que no es el vecino de al lado? ¿O el chico del súper que me trae la compra? Es horrible sentirse así... —Estalló a llorar de nuevo con mayor ímpetu—. Y no hay manera de vender esta maldita casa. Mi marido dice que si a principios de mes no hay ofertas, alquilaremos un piso en Tarragona. Él quería hacerlo antes, pero yo no tengo fuerzas para nada.

—Es lo mejor que pueden hacer. Irse de aquí y empezar de cero —aconsejó Santana.

—A veces, tengo envidia de esas mujeres, de las que han asesinado. —Sostuvo la mirada de Vázquez, pero no hubo un aire retador, solo un dolor inmenso—. Estoy deshecha de los nervios. No he vuelto a trabajar desde entonces, pero tampoco soporto estar sola en casa. Me paso el día durmiendo a base de pastillas. Llevo meses sin salir de aquí. Cojan a ese hijo de puta, por favor —suplicó.

Vázquez, arrepentida de su insensibilidad anterior, se apresuró a prometer, con un nudo en la garganta, que lo cogerían.

A la mañana siguiente, Pinzón aguardaba en la unidad con cara de pocos amigos.

—Santana, últimamente nunca está cuando la busco. Venga. Haga el favor.

—Disculpe señor, Crespo y yo estábamos reunidos con los expertos de Delitos Sexuales.

—Ya he presentado a la sustituta de Robles a todos sus compañeros, pero como usted estaba de picos pardos... —Se hizo a un lado para que pasara a su despacho. La mujer estaba de espaldas. Era rubia, bastante alta y robusta—. Santana, le presento a Yolanda Barrios. Será la inspectora jefe temporalmente.

—Encantada de volver a verte. —Se volvió y esbozó una amplia sonrisa al encarar a la subinspectora.

—Igualmente —contestó Santana, aturdida.

—¿Se conocen? —intervino el comisario.

—Coincidimos en un seminario sobre victimología hace poco —explicó Yolanda—. Será un placer trabajar contigo. —Volvió a sonreír y se le formaron dos hoyuelos en la cara—. Un auténtico placer.

Santana salió del despacho blanca como la cera.

—Y ahora ¿qué te pasa? —ladró Vázquez.

—La jefa —susurró.

—Parece maja, menos agria que Robles. Claro que para eso tampoco hay que correr mucho.

Santana se tapó la cara con las manos, resopló un par de veces y habló al oído de su compañera.

—¿Quéééé? ¿Cuándo? ¿Dónde? ¿Por qué? Bueno, el porqué no hace falta que me lo digas.

—Si me preguntas cómo, me hago el haraquiri.

—Eso te lo preguntaré otro día. Todavía no tengo claro cómo lo hacéis.

Santana puso los ojos en blanco. Salieron al exterior.

—¿Te acuerdas del seminario de victimología en Lleida de hace unas semanas? Nos conocimos allí, nos caímos bien. Fuimos a cenar, y bueno, ya sabes, una cosa llevó a la otra y nos liamos.

—Sí, vamos, a mí me pasa todos los días. Está casada, Rebeca. Llorens conoce a su marido. Trabaja en la Brigada de Estupefacientes. Menos mal que estás baja de forma. ¿Qué vas a hacer?

—Colgarme de un pino.

—¿No pensabas volver a verla? —inquirió Vázquez, curiosa.

—La verdad es que no. Tampoco fue para repetir, y menos con una casada, y del Cuerpo. Solo me faltaba eso. Quién se lo iba a imaginar... Bueno, estará por aquí unas semanas nada más. No puede ser tan terrible —se consoló—. ¿Ha aparecido alguna otra víctima de la zona de Cambrils? —preguntó, tratando de recomponerse.

—No, de momento. ¿Crees que veranea por la zona?

—Es posible que viva en Barcelona y veranee en la Costa Dorada. Hagamos una comparativa. Diferencias y similitudes entre las tres víctimas. Edades —empezó Santana—: treinta y siete, treinta y tres y treinta y uno. Concuerda.

—Sus ocupaciones son diversas: auxiliar de geriatría, gerente de un hotel y ejecutiva informática. Muy variado. Distinto nivel socioeconómico.

—Geográficamente tampoco hay un perfil: Luisa en el Bon Pastor, Mireia en el 22@ y Marina en Cambrils. Un barrio humilde, un distrito tecnológico y un pueblo costero de Tarragona. Demasiadas diferencias. Sus rasgos físicos tampoco coinciden demasiado —añadió con los ojos fijos en los rostros de las tres mujeres que sonreían, clavadas con chinchetas de colores en un panel de corcho—. Aunque, si te fijas...

—Se acercó más a las fotografías—. Marina y Mireia sí tienen cierto parecido.

—¿Tú crees? —Vázquez examinó los rostros de las dos mujeres—. Es cierto. Yo no diría que sean parecidas, pero a grandes rasgos se las podría describir con las mismas palabras. Luisa, en cambio, se sale completamente, era mucho más baja, pelo rizado, cara redonda. Nada que ver. No acabo de ver el nexo. Centrémonos un momento en él. ¿Por qué ha empezado a matar? ¿Busca emociones más fuertes?

—Podría ser. Cada vez le harán falta sensaciones más intensas para lograr la satisfacción, y me temo que en períodos más cortos.

—Estoy esperando la llamada de los agentes que investigaron la violación de Cambrils. De todas formas, ahora las secuestra, pasa muchas horas con ellas, las viola repetidas veces, las estrangula y las tira por ahí, con cierto descuido. La pauta es muy distinta a la de la agresión de Marina Guerra. ¿Y si no es el mismo tipo, Rebeca?

—Sí que lo es. Escucha. —Revisó los informes forenses y leyó en voz alta—: Las tres tenían la mandíbula desencajada y el tabique nasal roto. Golpes idénticos. Y a las tres las violaron con un cuchillo alargado y fino. No puede ser casualidad. ¿Cómo las rapta? Necesitará una camioneta, un todoterreno o un vehículo grande.

—He revisado las cintas de seguridad de New Project. La cámara que enfoca el aparcamiento exterior grabó parcialmente a una furgoneta blanca, una Citroën Berlingo, a las 22.10. Por supuesto, la matrícula no se ve ni el conductor tampoco. Sería demasiada suerte. Parece ser que no es de ningún empleado ni nadie la ha visto nunca por allí. La cuestión es: ¿adónde las lleva? —Vázquez desplegó un mapa de la provincia de Barcelona—. Dejó el cuerpo de Luisa en un solar en obras a las afueras de Mollet, más o menos aquí. —Trazó un círculo rojo—. A Mireia la ha dejado bastante lejos, en la BV-5301. Es la carretera que va al Montseny. Justo aquí. —Trazó otro círculo.

—Es curioso que pudiendo dejar el cuerpo en cualquier rincón del parque natural, en plena montaña, lo abandonase casi a la entrada de la carretera, a cuatro kilómetros escasos de Sant Celoni. Es una zona mucho más transitada, Miriam. Es arriesgado.

—En apariencia no tiene demasiado sentido, pero fíjate. —Golpeó el mapa con el rotulador—: Hay una línea recta desde los puntos en los que se encontraron los cuerpos.

—La autopista.

Vázquez cabeceó.

—Son unos treinta y cinco kilómetros, así a ojo de buen cubero, luego lo calculamos con exactitud. No es tanto, y menos por buenas carreteras.

—Las posibilidades son enormes. —Santana resopló, desanimada—. Hay al menos media docena de rutas que pudo tomar, en dirección a la costa, al interior, hacia Girona... Su refugio o zulo o lo que sea puede estar en cualquier parte.

—No, en cualquier parte no, Rebeca. Tiene que estar por aquí. —Pasó el dedo por el mapa—. Estamos un poco más cerca. Lo sé.

—Ojalá —replicó Santana con aire de duda—. Cuando estudiaba criminología pensaba que me encantaría investigar este tipo de casos, que supondrían un desafío enorme, pero no es así. En circunstancias normales el asesino suele ser una persona cercana a la víctima. Hay un entorno que explorar, la investigación queda claramente delimitada y las vías de trabajo están definidas. En los crímenes en serie no hay nada de eso. Casi nunca existe conexión entre las víctimas, y si la hay, es a ojos del asesino. Si las selecciona al azar, estamos listos, a no ser que cometa un error de bulto o que tengamos un golpe de suerte. Se irá a otra ciudad y seguirá haciendo lo mismo.

—¿Y este arranque de optimismo, niña? Me estás alegrando la mañana. Si lo ves tan negro, casi mejor que me deje de mapas y declaraciones y me dé un garbeo. Han abierto una *boutique* de Versace que es una locura.

Pilar golpeó la puerta con los nudillos.

—Santana, han venido de Servicios Penitenciarios. Preguntan por ti.

La subinspectora perdió el color, se aclaró la garganta y se levantó con paso inseguro. Presentía la inminencia de los problemas. Prácticamente podía olerlos.

Todo estaba a oscuras y en silencio. No había forma de calcular cuánto tiempo había pasado inconsciente. La sexta víctima se tomó el pulso. Palpó su cuerpo tratando de detectar los focos del dolor y contabilizar los daños. Probablemente tenía la nariz rota. La mandíbula tampoco encajaba del todo y escupía sangre. ¿Era de noche o de día? ¿Por qué no estaba atada ni amordazada? Muy sencillo: porque no tenía escapatoria ni nadie que la pudiera socorrer. Caminó por la estancia a ciegas, para hacerse una idea de las dimensiones. Era pequeñísima. Tardó un rato en aceptar que el hedor provenía de su propio cuerpo. Se había meado encima. Era asqueroso. La falta de ventilación aumentaba la concentración del olor hasta un extremo intolerable. Probó a respirar por la boca. ¿Cuándo vendría a por ella? ¿Le quedaban horas de vida o tal vez minutos? Se hizo un ovillo en un rincón y rompió a llorar.

9 días antes

Ácido sulfúrico

En el despacho del comisario aguardaban Pinzón y un hombre calvo, de ojos pequeños e incisivos, impecablemente trajeado.

—La subinspectora Rebeca Santana. —Pinzón se puso en pie con notable agilidad, teniendo en cuenta su sobrepeso, tomó del codo a la subinspectora en un gesto protector y los presentó—. Santiago Roca, de Servicio de Soporte y Ejecución Penal.

Cumplidas las formalidades, el comisario los dejó a solas, sentados frente a frente como dos jugadores de ajedrez. Roca abrió la partida con un movimiento conservador, de tanteo.

—Se imaginará que el motivo de mi visita está relacionado con su madre, subinspectora.

Santana asintió inexpresiva.

—¿Cuánto tiempo hace que no mantiene contacto con la reclusa?

Lo observó atentamente, calibrando con quién se las veía. A simple vista, le pareció un hombre prudente, eficaz y un poquito vanidoso.

—¿Es usted psicólogo?

—Así es —sonrió, mostrando unos dientes amarillentos. La sonrisa le daba un aire juvenil. Calculó que no rebasaría los cuarenta años—. Tengo entendido que somos colegas de profesión. —Amplió la sonrisa y se inclinó hacia adelante. Santana conocía los trucos. Roca estaba intentando crear un clima de confianza entre ellos, apelando a la camaradería entre profesionales.

—Ya no ejerzo —dijo sin sonreír.

—No soy el psicólogo de su madre, si eso es lo que le preocupa. Mi trabajo es otro y naturalmente no pretendo juzgar sus relaciones familiares. Conozco el caso y sus peculiares circunstancias.

—Toda España conoce el caso de «La asesina del cumpleaños». Mi madre procura que nadie olvide lo que hizo. Contestando a su pregunta, hace bastante que no la veo, un año largo, y no tengo el menor deseo de verla.

Roca abandonó la sonrisa y extrajo un sobre marrón del interior de su maletín de piel.

—Dada su profesión, es probable que las fotografías que voy a mostrarle no lo impresionen demasiado, pero aun así debo advertirle de que no son nada agradables.

Abrió el sobre. Tenía unos dedos cortos y unas uñas muy cuidadas. No se había equivocado, era vanidoso. Las fotos eran una colección de primeros planos del rostro de Puri García totalmente destrozado.

—Es cierto. No son agradables. —Se las devolvió sin mostrar ninguna emoción y usó su entonación más policial—: ¿Qué ha sucedido?

—No sabemos exactamente qué ha motivado esta violencia, pero tenemos motivos para creer que la vida de Puri está en peligro. Vamos a proponer que sea trasladada con la mayor celeridad posible. Estamos barajando diversas opciones. Como familiar más próximo será informada en todo momento.

—De acuerdo. —Santana se puso en pie—. Le agradezco que haya venido personalmente, señor Roca. En adelante no es necesario que se tome la molestia. Puede mantenerme al corriente por teléfono o por *e-mail*. Aquí tiene mi tarjeta.

Roca se incorporó como impulsado por un resorte.

—Supongo que es todo —vaciló—. Esto... su madre está ingresada en el Hospital del Mar —agregó, como si en realidad hubiera estado todo el tiempo aguardando el momento de desvelar la información crucial.

En su mesa de trabajo, Vázquez repasaba declaraciones, subrayaba párrafos y hacía anotaciones en los márgenes con su letra diminuta e indescifrable. Levantó la cabeza al ver entrar a su compañera y soltó el rotulador.

—Me han llamado los agentes de Tarragona que llevaron la investigación de Marina Guerra. Sospecharon de un repartidor de prensa gratuita con antecedentes por agresión sexual, pero tenía una coartada sólida. No dieron con nada mejor. El ADN hallado en el coche no está en la base de datos. Hay que comprobar si coincide con los hallados en Luisa y Mireia. Me mandan todo por *e-mail*. Luego lo repasamos con Crespo. ¿Qué ha pasado?

Por toda respuesta, Santana cogió la chaqueta y apagó el ordenador.

—Vámonos. Salgamos a respirar un poco, ¿quieres? Necesito un buen café.

Acomodada en un mullido sillón de la cafetería en la Via Laietana, Vázquez se moría de curiosidad por saber qué sucedía con la madre de Santana, ya que no se le ocurría otra explicación para una visita de Servicios Penitenciarios. No obstante, el tacto más elemental y el sentido común aconsejaban no hacer preguntas impertinentes. Puri García, «La asesina del cumpleaños», era un tema tabú que simplemente no se mencionaba bajo ningún concepto. Eran las reglas de Santana, y Vázquez las respetaba. A fin de cuentas, su compañera tenía derecho a gestionar su tragedia como mejor le pareciese. Veinte años atrás, la madre de Santana disparó a bocajarro contra la amante de su esposo durante la fiesta de cumpleaños del hijo de esta. La madre y el hijo, de tres años, murieron en presencia de Santana y otros chiquillos del vecindario.

—¿Tu acosadora ha dado señales?

Negó con la cabeza. Llevaba horas sin pensar en el incidente de la moto y el anónimo, cuajada de una rabia desbordada que ignoraba de dónde procedía. Otro quebradero de cabeza. Los problemas se reproducían como camadas de conejos.

—Estará tramando la próxima putada.

—Todavía no me has enseñado las famosas listas. Es importante, Hutch. Si me las das iré cotejando discretamente los nombres de tus conquistas, a ver qué surge. Sé que puedes hacerlo tú misma, pero también sé que no lo harás. Tienes un concepto del honor más antiguo que la Biblia.

—No hace falta ninguna lista, ya te lo dije. Me he

acostado con dos mujeres, últimamente. Eso es todo, y ninguna de las dos es una psicópata. Una es la jefa, en qué mala hora. A la otra la conozco hace mucho.

—¿Dos? —No disimuló la decepción—. ¿Cuánto tiempo es «últimamente»?

Santana brindó a su compañera una mirada poco caritativa.

—Lo sabes muy bien —masculló—. Desde que hace casi cuatro meses dejé de tener pareja. Qué quieres que te diga, tampoco es que esté de humor para mucha fiesta.

—Bueno, creía que ligabas más.

—Más que tú seguro —se picó.

—¿Has repetido con alguna de ellas?

Santana perdió la paciencia.

—¡Oye, y eso a ti qué más te da! Si quieres te dibujo las posturas. A lo mejor aprendes algo útil. Hay que ver lo morbosa que eres.

—Intento ayudarte, niña —replicó impertérrita.

—No he repetido —claudicó de mala gana—. De hecho, las dos veces me ha quedado la sensación de estar cometiendo un error monumental. Espero que se me pase más pronto que tarde o me veo metiéndome a monja en el convento de las capuchinas.

—¿Cómo se llama la otra?

—¿En serio la vas a investigar?

—Y tan en serio.

—Icíar Gómez.

Vázquez anotó el nombre.

—Es una pérdida de tiempo. Icíar es una tía muy normal, no va por ahí acosando a nadie.

—¿Sabes dónde vive?

—Sí, sé dónde vive. —Arrancó el bloc de las manos de su compañera y escribió la dirección—. Sé discreta, por favor.

—Niña, ya era policía cuando tú aún veías Barrio Sésamo. No me digas cómo hacer mi trabajo, anda. A lo mejor habría que ampliar la búsqueda. Mirar más atrás. Alguna exdespechada. No pongas esa cara, me refiero a la de antes de Malena, no me acuerdo cómo se llamaba.

—Claudia —contestó sin ocultar su sorpresa.

—Eso, Claudia. Yo no la descartaría tan a la ligera. La dejaste por Malena. A lo mejor quiere vengarse de ti.

—Eso es absurdo. Claudia jamás destrozaría mi moto. Pondría la mano en el fuego por ella.

—Ay, Rebeca, bendita inocencia. Yo no pondría la mano en el fuego ni por mi propio padre.

—¿Tu padre no está muerto?

—Era un ejemplo.

—Un ejemplo con trampa. No te hagas la dura que no cuela. Sé que pondrías la mano en el fuego por mí.

—Ja.

—Lo sé, Marquesa.

—Puedes decir misa, Rebeca, tendré en cuenta a Claudia. Y ya puestas, a la jefa —apuntó Vázquez, maliciosa.

—¿También es sospechosa? —Santana reprimió una carcajada a duras penas.

—La investigaré por si acaso. No te fíes. Puede tener un lado oscuro, la Barrios. Igual le pone acostarse con mujeres y luego acosarlas, como en los telefilms de los domingos por la tarde.

—Estás chalada. —Rompió a reír sin poder evitarlo.

La jornada no dio mucho más de sí. A las siete tomaron cada una sus respectivos vehículos: Vázquez, a casa de Terim, a por su dosis de placer combinado con remordimientos; Santana, sin un destino concreto. La estrechez de su estudio la deprimía, por más que lo negase ante su compañera, pero lo peor no eran las cuatro paredes que la aprisionaban como a una anchoa en una lata, ni las cajas por desembalar obstinadas en recodarle la desidia que la dominaba, ni siquiera la triste perspectiva de cenar canelones congelados con sabor a plástico mojado. Lo peor era la soledad en toda su extensión. No se hacía a charlar consigo misma, a despertar en medio de una pesadilla sin el consuelo de sus brazos. El corazón y el cuerpo apuntaban directamente a Malena. Necesitaba confiarle las novedades acerca de su madre. Añoraba su temple, su fuerza, su claridad de ideas, su calor, su humor y el amparo de su mirada. El cerebro, mucho más práctico y menos dado a los sentimentalismos, votaba por recurrir a la ayuda especializada. Tras unos minutos de férreo debate interno, arrancó la moto y se dirigió a la consulta de Roberto Segarra. No tenía cita hasta dentro de dos días, pero no se veía capaz de esperar. Aguardó en la sala pacientemente. Segarra no tuvo ningún inconveniente en hacerle un hueco.

—Gracias, Roberto —dijo acomodándose en el sillón de piel—. Es importante, de lo contrario habría esperado al jueves.

—No me cabe duda de que es importante. —Encendió un cigarrillo y aspiró el humo con deleite—. ¿Me permites la libertad, Rebeca? Llevo toda la tar-

63

de sin fumar. Abre un poco la ventana, si quieres.

Santana abrió la ventana. El ruido de la Via Augusta se desparramó por la estancia. Segarra se parecía un poco a Freud, o al menos a las fotos de Freud que aparecían en los libros de la facultad y los manuales de piscología. Era el mentor de Virginia, un académico brillante y un hombre afable. Transmitía confianza y bondad, y desde el principio Santana confió en él sin reservas. En pocos meses habían realizado progresos significativos.

Con unas cuantas frases, lo puso al corriente de la situación. Segarra apagó el cigarrillo, cerró la ventana y se mesó la barba blanca y espesa.

—¿Qué has sentido al mirar esas fotos?

—¿Qué se supone que debería sentir? ¿Pena? ¿Dolor? ¿Rabia?

—Te lo pondré más fácil: si las fotos fuesen de otra persona, ¿qué sentirías?

—Un poco de las tres cosas.

—¿Y si fuesen de alguien a quien quisieras?

—Lo mismo multiplicado por mil.

—¿Y eso adónde nos lleva?

—A que debo ser un monstruo por sentir indiferencia.

El terapeuta estiró las piernas enfundadas en unos gruesos pantalones de pana azul marino, cruzó los brazos y la miró a través de las gafas.

—Quítate la coraza, Rebeca. Aquí no te hace falta. Deja que tus emociones fluyan sin miedo. No has sentido indiferencia. Te ha dolido y eso no te gusta un pelo. Quieres anular todo sentimiento hacia tu madre, pero eso no es posible.

—¿Por qué no?

—Porque a pesar de todo, la quieres, y cuanto antes lo asumas, mejor.

—No se puede querer a una asesina.

—Se puede. Claro que se puede. Se puede odiar y querer a la vez. Cabe todo en la complejidad del ser humano, Rebeca. Eres demasiado inteligente como para ignorarlo. Es tu madre, te guste o no, y eso pesa mucho.

Se levantó y caminó hasta la biblioteca. El sol se estaba poniendo y deslizaba sus últimos rayos por los lomos dorados de Bergson, Jung y Chomsky.

—La cuestión va mucho más allá de lo que hizo —dijo acariciando los libros con la misma delicadeza con la que acariciaría la piel de una mujer—. Lo verdaderamente terrible es la ausencia de amor. Eso es imperdonable en una madre.

—Explícate —pidió Segarra, interesado.

—La maternidad está sobrevalorada. Cualquier bicho viviente es capaz de reproducirse y parir. Las vacas, las cerdas, las hormigas paren y seguro que todas las vacas, cerdas y hormigas del planeta tienen más instinto maternal que mi madre. Ella no quería tener hijos. —Regresó al sillón—. Me tuvo por mi padre, porque a él le hacía ilusión. Fui un medio de retenerlo, nada más. Yo era un estorbo para ella. Tenía que cuidarme, alimentarme y, para colmo, tenía que compartir a mi padre conmigo, y eso sí que no lo soportaba. No soportaba que él me quisiera. De hecho, no es sorprendente que matase a la amante de mi padre. Iba con su temperamento y su necesidad de posesión enfermiza. Es de manual. De pequeña tuve miedo muchas veces, miedo de que me hiciese algo. A veces la sorprendía mirándome... y me daba escalofríos. Sé que lo pensó, Roberto, que pensó en hacerme daño, en librarse de mí. Esa sensación me persiguió durante años.

—Pero no lo hizo.

—A cambio, mató a una buena mujer y a un niño pequeño delante de su hija de diez años. No sé muy bien qué es peor. —Hizo una pausa y cambió la postura. Su voz se hizo líquida en la calma del despacho—. Un verano, tendría unos dieciséis años, me empeñé en conseguir ácido sulfúrico.

—Apuesto a que te saliste con la tuya.

—A cabezota no me gana nadie. Me salí con la mía. Quería borrar su cara de mi espejo. Quería hacerlo a cualquier precio. Me volvía loca ver su rostro en el mío, parecerme tanto a ella.

—Supongo que eras consciente del riesgo que corrías.

—Lo era.

—¿Qué ocurrió?

—Lo tenía todo preparado. Iba a hacerlo aquella misma tarde, cuando sonó el teléfono. Era el encargado de Mundo Pizza. Habían aceptado mi solicitud de empleo como repartidora y debía pasar a firmar el contrato. Mi primer trabajo. Entonces me di cuenta de que todavía no había hecho nada. Apenas había besado a un par de chicas, no había hecho el amor, ni tomado un avión ni salido de España ni nada de nada. Quería hacer todo aquello y mucho más, y no iba a permitir que ella lo estropease. Tenía su misma cara, pero era otra persona, una persona mucho mejor. —Respiró con esfuerzo para mantener a raya las lágrimas—. Todavía encargo las pizzas a Mundo Pizza. Te recomiendo la de beicon y champiñones con crema de leche. Está muy rica.

—Sentir lástima por tu madre no es una derrota. Al revés, te hará más fuerte. La victoria realmente importante, Rebeca, es ser quien eres, la mujer en la que te has convertido. Esa es tu victoria sobre ella. No lo olvides.

A las once menos cuarto, siguiendo el ritual de las últimas semanas, Malena se encaminó al dormitorio que ya no compartía con Rebeca y abrió su nuevo libro de autoayuda. Leyó unas tres o cuatro páginas. Más de lo mismo. Las frases no surtían efecto, se desvanecían en la nada como azucarillos en el café. Una fuerza irresistible la arrastraba al despacho, a la carpeta, al vídeo de Rebeca y ella, amándose como tigresas hambrientas. Lo aguantaría. No caería. Esta noche no. «Malditas frases de la mierda, no me dejéis colgada, ahora no, por favor, ahora no.» Las zapatillas se deslizaron sin su permiso pasillo abajo, hacia el despacho. Malena inclinó el cuerpo hacia atrás, para compensar a la fuerza invisible. No le sirvió de nada, patinando llegó al despacho. Los dedos de sus manos iban a lo suyo, desobedeciendo sus mandatos. Pincharon sobre la carpeta y reprodujeron el vídeo. Los hombros de Rebeca en primer plano. En el omoplato izquierdo, un esparadrapo salvaguardaba su nuevo tatuaje, un tribal precioso que se hizo aquella misma tarde en Sitges. Al moverse, el plano descendía. El tatuaje de la ninfa en el nacimiento de la espalda.

Rebeca rodó hacia un lado y Malena ganó el plano. Resultaba extraño verse a sí misma, ver los ojos de adoración con los que miraba a Rebeca y ver la misma mirada reflejada en los ojos de ella. Ver las pieles fundirse y arrancar chispazos. El calor traspasaba la pantalla del ordenador y se esparcía por el cuerpo de Malena, repantigada en el sillón de cuero del despacho. Sin querer, sus dedos se perdieron en la humedad de su sexo. El deseo cobraba dos dimensiones. En el vídeo, su boca exploraba las profundidades de Rebeca. Recordaba las sensaciones como si las estuviese viviendo en directo. Su sabor, el olor de su piel, sus gemidos, el ritmo de sus caderas. En la grabación no se apreciaba el rumor de las olas, pero Malena se acordaba perfectamente. Había una sincronía absoluta entre el oleaje y su lengua surcando la humedad de Rebeca. Era tan real que no lo podía soportar. Acaso por piedad, sus dedos expertos la llevaron al éxtasis curiosamente casi a la vez que Rebeca en el vídeo. Malena se desplomó sobre el escritorio. Necesitaba llorar, pero no lo haría. Había agotado el cupo de lágrimas. Apagó el ordenador. El timbre del teléfono la sobresaltó. Miró el identificador de llamadas.

—Hola, mamá.

—Hola, cielo.

—¿Qué haces?

—Ver un vídeo —farfulló sin aliento.

—¿De qué?

—De *La casa de la pradera*.

Las líneas del destino

Puri García había sido trasladada a planta después de pasar cuarenta y ocho horas en cuidados intensivos. Un agente custodiaba la entrada de su habitación. Santana se identificó y empujó la puerta con el corazón en un puño. Pese a haber visto las fotos, acusó una tremenda impresión. La cara de su madre era un amasijo de moratones y golpes. Tenía la nariz fracturada y el labio superior partido. Los sentimientos corrían por el corazón de la subinspectora en direcciones encontradas, chocaban entre ellos y saltaban por los aires dejando un doloroso rastro de confusión e incertidumbre. Dijera lo que dijera Segarra, aquella congoja que le estrangulaba la respiración no tenía nada que ver con el amor. Se compadecería de cualquier persona que hubiese sido brutalmente agredida. Lo contrario rayaría en lo inhumano. La habitación estaba exageradamente caldeada, se quitó la chaqueta y la sudadera. La ventana estaba orientada al Paseo Marítimo y a la playa de la Barceloneta. Decidió que si algún día tenía que morir postrada en un centro hospitalario, sería allí, en el Hospital del Mar, viendo la playa desde la cama. No sabía muy bien qué hacer, si quedarse de pie o tomar asiento. Su madre estaba profundamente dormida. No se enteraría de que había venido. Qué diablos hacía allí. Volvió a ponerse la sudadera y la chaqueta. Estaba casi en la puerta, cuando escuchó un leve quejido.

—¿Rebeca?

Retrocedió.

—Rebeca, ¿eres tú? —balbuceó trabajosamente.

No fue capaz de contestar. Puri extendió la mano con torpeza. Sus dedos se quedaron suspendidos en el aire, apuntando a su hija. En el exterior, un relámpago cubrió de luz la playa.

—Rebeca —volvió a decir.

Santana avanzó un paso, indecisa, prisionera de sus contradicciones. Le empezaba a faltar el aire. El trueno hizo retumbar los cristales de la habitación. El segundo paso la situó al borde de la cama. La mano de la enferma colgaba inerte, esperando un contacto que no llegaba. Santana estiró el brazo a cámara lenta. La puerta se abrió con el ruido del carrito y la cantinela de la enfermera.

—¿Cómo estamos Puri? ¿Tenemos hambre?

Retiró la mano, pasó como una exhalación por delante de la enfermera y del agente que bostezaba ruidosamente y bajó las escaleras como si la estuviera persiguiendo el mismo diablo.

Aquella madrugada charló por teléfono con su ex-compañero Rafa Navarro. En Zaragoza, la escarcha cubría el suelo. En Barcelona, la humedad lo empapaba todo.

—Suenas deprimida, Rebeca.

—¿Yo?, qué va. Estoy de muerte, Rafa.

—¿Seguro?

—Bueno, un poquito de bajón sí que tengo.

—Cuéntame.

—Nada del otro mundo. Jodí las cosas con Malena, pero eso ya lo sabes. A ver qué más... sí, hay alguien que me la tiene jurada y no sé por qué, y tenemos entre manos un caso de mierda. Ah, y me acosté con mi superior. Mejora eso, guapo.

Optó por no mencionar a su madre.

—¿Te has acostado con Robles?

—¡No, por Dios! Con su sustituta, Yolanda Barrios. Robles está de baja.

—Conozco a la Barrios. Ten cuidado con ella, Rebeca.

—¿Por qué lo dices?

—Es una de esas que cree que ser mujer y policía le da derecho a ser una malnacida como desagravio por el machismo sufrido.

—Puede que tenga sus motivos. Ser poli y mujer en la época en la que entró en la academia no debía ser moco de pavo.

—Eso no da carta blanca para pisar a los demás. Tú eres mujer y poli y no eres así, ni Miriam tampoco, será cojonera pero sabe lo que significa el compañerismo, y ella ingresó en el Cuerpo en tiempos más difíciles que la Barrios. Créeme, Rebeca, esa tía te machacará si con eso sale ganando. Los éxitos serán mérito suyo y los fracasos responsabilidad vuestra. Solo a ti se te ocurre meterte en la cama con un superior. Para lo lista que eres tienes cosas de bombero.

—Cuando me acosté con ella todavía no sustituía a Robles. Nos conocimos en un seminario. Ha sido una casualidad muy desafortunada. Además, en pocas semanas se irá.

Repasaron otros temas. Navarro le aconsejó que no se tomase a broma las notas y los incidentes ocurridos con la moto. Santana prometió que no lo haría. Después, le tocó a él recostarse en el diván.

—¿Sigues yendo a las reuniones del grupo?

—No te preocupes, Rebeca. Está todo controlado.

—Las adicciones nunca están controladas, Rafa, por eso son adicciones, porque uno se engancha y se descontrola.

—¿Hablas por experiencia o como psicóloga?

—Mi adicción tiene nombre y apellidos.

—Pues no sé si eso es una suerte.

—Yo tampoco. Tienes el ascenso a inspector en tu mano, y te lo mereces. Crespo ya es inspector. Lo estás haciendo muy bien. Rafa, no la cagues.

—Llevo meses bebiendo Red Bull.

—¿Y te da alas?

—Si me diese alas, sobrevolaría Barcelona ahora mismo.

—¿La echas de menos?

—Una barbaridad. El otro día conduje como un loco hasta encontrar el primer pueblo con playa de la provincia de Tarragona, y me quedé allí toda la mañana, mirando el mar. Hasta he puesto una foto de la playa de la Mar Bella en mi ordenador.

—Un día de estos, cuando tenga la moto arreglada, le daré un poco de caña y me acercaré a verte.

—Sería estupendo, Rebeca.

Yolanda Barrios convocó una reunión sorpresa a primera hora. Vázquez llegó con retraso y malhumorada, Santana parecía no haber dormido en el último decenio. La inspectora jefe llevaba recogido el cabello en una cola y tenía un aspecto juvenil y saludable que contrastaba con el de sus subordinadas.

—Buenos días, subinspectoras. Las he convocado para hablar con ustedes antes de que llegue el comisario. Las cosas se están poniendo feas. El juez de instrucción está nervioso, el comisario está nervioso y el alcalde está nervioso. Si todos ellos están nerviosos, yo me pongo nerviosa y ustedes no pueden estar tocándose las narices mientras a mí me sale una úlcera por estar en esta comisaría cuatro míseras semanas.

—Jefa, no...

—¿Le he dado permiso para intervenir, Vázquez?

—No.

—Pues espere a que termine. Preséntenme un informe detallado sobre el estado en el que se encuentra la investigación: sospechosos, vías de investigación abiertas y descartadas, tareas realizadas y tareas pendientes y si necesitan recursos, del tipo que sean. Le haré llegar una copia al juez y otra al comisario jefe, o sea que esmérense.

Santana levantó la mano.

—¿Puedo intervenir?

Vázquez reprimió la risa y miró a otro lado.

—Sí —dijo con aspereza la inspectora jefe.

—No podemos hacer un informe para contentar a los superiores y mucho menos para contentarla a usted. Haremos el informe con lo que tenemos en este momento, y me temo que tenemos muy poca cosa.

—Háganlo como les dé la gana, pero entréguenme algo que tenga cara y ojos, que no me deje mal, y sobre todo que no dé la impresión de que son dos inútiles rematadas. Vázquez, ¿algo que añadir?

—Sí, iba a decir que no nos estamos tocando las narices, jefa. Estamos trabajando una media de doce horas diarias, incluidos festivos.

—Las propondré para empleadas del mes, descuiden. Antes de las doce quiero el informe en mi mesa. Y, Santana, procure dormir más, por el amor de Dios.

Salieron del despacho indignadas.

—¿Qué es lo que quiere esta tía, que nos inventemos un informe? —farfulló Vázquez, directa a la máquina del café.

—¿No decías que era maja?

—Mira quién fue a hablar. Tú te la has tirado, Rebeca, así que cierra el pico.

—Rafa tenía razón. Me advirtió que llevara cuidado con ella, que es una trepa —comentó mientras su compañera se hacía con la primera ronda de café de la mañana.

—¿Cómo le va?

—Bastante bien. Muy pronto será inspector.

Caminaron hacia el despacho.

—Me alegro —dijo sin ningún indicio de alegría.

—Podrías llamarlo —sugirió.

—¿Para qué?

—Es tu amigo.

—Lo era. Ya no.

—Pero, Miriam...

—De verdad, Rebeca, no estoy de humor —explotó airada. Vázquez no admitía que Navarro, su mejor amigo y compañero durante tantos años, se hubiese enamorado de ella. Lo consideraba una deslealtad intolerable—. Hagamos ese absurdo informe de una vez. Ponle literatura, que eso a ti se te da mejor que a mí.

La voz poderosa de Yolanda Barrios tronó a sus espaldas.

—Santana, ¿puedo hablar un momento con usted?

La subinspectora caminó hacia el despacho de la inspectora jefe como un reo a la silla eléctrica, arrastrando los pies.

—Cierra la puerta y siéntate, por favor.

Hizo lo que le pedía.

—¿Qué te ocurre conmigo, Rebeca? —soltó de buenas a primeras.

—No me ocurre nada contigo. Divergimos en la forma de enfocar ciertos aspectos de la investigación. Comprendo que estás sometida a mucha presión, pero no es justo que lo descargues con mi compañera y conmigo. Estamos trabajando mucho para resolver el caso. El inspector Crespo puede dar fe de ello. Nos vendría fenomenal tu apoyo. Yo lo veo así. No es nada personal, Yolanda.

—No estoy aquí para caer bien y hacer amigos en Facebook. Mi trabajo es supervisar a los subordinados y dar cuentas a los superiores. Antes de que la mierda me salpique, prefiero que os salpique a Vázquez y a ti. La cosa es así. Para mí tampoco es una cuestión personal, en eso estamos de acuerdo. Me disgustaría que hubiera malentendidos entre nosotras. Por... —bajó la voz—, ya sabes. Ha sido una desdichada casualidad y sería una lástima que interfiriese en nuestro trabajo. Apenas voy a estar por aquí cuatro o cinco semanas. No tiene sentido buscarse problemas, Rebeca. ¿Qué haces esta noche?

—¿Cómo dices? —Santana abrió los ojos de par en par.

—Ya me has oído —sonrió con picardía—. Como decía, estaré por aquí poco tiempo. No tendría ninguna repercusión que nos viésemos fuera del trabajo, ¿no crees?

—Me temo que también en eso discrepo, Yolanda.

—Mi marido y mi hijo están fuera y no me gusta la casa vacía. Esta semana me alojaré en el Hotel Jazz. Te espero a eso de las diez. Lo pasé muy bien contigo, Rebeca, y me encantaría repetir. Piénsatelo.

Elaboraron y entregaron el informe antes de las diez de la mañana. Hecho el encargo, Santana se enfrascó en repasar casos de violadores que hubiesen derivado en asesinos seriales. Descubrió, como ya sospechaba, que se trataba de un hecho bastante excepcional. El teléfono sonó tres veces.

Vázquez descolgó refunfuñando.

—Homicidios.

Tan solo una de cada quinientas violaciones acaba en asesinato. ¿Por qué entonces el hombre que violó a Marina Guerra se había convertido en asesino? ¿Cuál fue el detonante? Santana intuía que la respuesta a esta pregunta sería crucial para la resolución del caso. Los violadores amenazan, intimidan y coaccionan a sus víctimas, pero muy raramente llevan a cabo sus amenazas. Si la mujer se revuelve o grita, normalmente el agresor huye en busca de otras presas más asequibles. Resultaba desconcertante el giro a estrangulador. Desconcertante y extraño.

El humor de Vázquez había mejorado notablemente cuando colgó el teléfono.

—Volvemos a la Costa Dorada. Ha aparecido una nueva víctima.

Santana dejó el ratón del ordenador en la mesa y se volvió.

—¿Una nueva víctima en Tarragona? Eso sí que no me lo esperaba.

—Me he expresado mal. —Se puso la gabardina—. La violación tuvo lugar en la Semana Santa del año pasado. Una *stripper*. —Siguió desmenuzando los detalles de camino al coche—. Extranjera. Rusa o de por ahí. Presentó una denuncia y luego la retiró.

—¿Y no lo relacionaron con el caso de Marina Guerra?

—Sí. Al parecer sí lo relacionaron, pero la investigación acabó en vía muerta. En los dos casos fue el mismo tipo. De eso no hay duda.

Emprendieron el camino casi a las once. El tráfico no era muy denso en la autopista y Vázquez disfrutó pisando a fondo el acelerador. Le gustaba conducir, especialmente a solas, con una ópera de fondo, sin tener que dar conversación ni parecer hosca si optaba por el silencio y la introspección. El tiempo transcurrido desde que Santana se incorporó a la unidad había fraguado una confianza cómoda en la que tenían cabida los silencios, incluso aquellos más largos de lo habitual. Sin embargo, la cuestión musical seguía siendo un escollo insuperable en su relación. Aquella mañana les hacía los honores Puccini. Vázquez coreaba emocionada y a voz en grito los pasajes que conocía de memoria.

—Aguanto la ópera, y ya tiene mérito, pero tus berridos en italiano son demasiado —protestó Santana, bostezando.

Vázquez bajó el volumen contrariada y siguió cantando unos decibelios más bajo.

—No es por fastidiar, pero ¿cuándo me toca a mí elegir la música? Me suena que hace siglos que escuchamos lo que a ti te apetece.

—Yo conduzco, luego yo elijo la música. No sé de dónde sacas que tienes derecho a elegir. El día que conduzcas, tendrás ese privilegio.

—Tú conduces muy bien. Además, los coches no me van.

—No es mi problema —atajó Vázquez, inflexible.

Santana meneó la cabeza, sacó su iPod, conectó los auriculares y se sumió en su propio universo musical, muy alejado de Puccini. Circularon unos treinta kilómetros sin cruzar una palabra, una vociferando en italiano y la otra tamborileando los dedos en el salpicadero. En el peaje, Vázquez contuvo su furor operístico. Su compañera miraba en un ángulo extraño, forzando la postura. Se irguió un poco para seguir el curso de su mirada. Una docena de potentes Harley-Davidson enfilaban la salida rugiendo majestuosamente.

—¿Te gustaría ir con ellos?

Santana se quitó los auriculares.

—¿Y perderme a Puccini? No, por Dios.

Vázquez sonrió y decidió darle una tregua.

—¿Cuál es el viaje más largo que has hecho con la moto? —preguntó, silenciando la música.

—Hice un viaje a Estocolmo justo antes de ingresar en la academia.

—¿Con Claudia?

—Con Aina.

—Aina es la médico con cara de no haber roto un plato, ¿no? La que sale con la psiquiatra.

—Exacto.

—¿Y cómo fue eso de iros a Estocolmo de rodríguez?

—Una especie de homenaje que nos dimos. Ella empezaba el MIR y yo la academia. Fue un viaje increíble. Nos pasó de todo.

—¿Qué distancia hay de Barcelona a Estocolmo?

—Dos mil setecientos kilómetros y pico.

Vázquez silbó.

—Casi nada. Menudo paseo.

—Nos lo tomamos con calma.

—Os turnaríais para conducir, me imagino.

—Ni en broma. Mi Harley solo la toco yo.

—Un mandamiento de los Ángeles del Infierno, supongo.

—De toda la vida. —Ensayó una sonrisa.

—¿Te juntas con esos tipos barbudos?

—He ido a muchas concentraciones. Es divertido y no solo hay barbudos. Hay gente de todo tipo. Te sorprenderías. En la última concentración conocí a dos ejecutivos, un escritor, un concejal y varias amas de casa. La cultura de la Harley-Davidson es global.

—¿Ese viaje a Estocolmo es el último que has hecho?

—No —respondió, escueta. Al cabo de un lapso de tiempo excesivamente largo, cuando Vázquez ya daba por concluida la conversación, añadió—: La llevé a Verona por su cumpleaños.

La elipsis del nombre, paradójicamente, lo decía todo.

—¿Y qué tal? —continuó Vázquez para romper la repentina tirantez.

—¿Qué?

—Que qué tal Verona.

Santana perdió la vista en el cielo, que empezaba a decolorarse en un gris blanquecino.

—Muy bonito. Le encantó. Y a mí también.

—Va, pon algo de eso tan horrible que llevas en el aparatejo. Aprovecha, niña, que es tu día de suerte.

—No, da igual.

—Vamos, que no se diga.

—Tú lo has querido.

Sonaron los primeros acordes.

—¿Quiénes son estos? —Arrugó la nariz.

—Los Planetas —informó.

—Estoy hecha una blandengue. Esta maldita menopausia acabará conmigo —suspiró, pisando el acelerador hasta ponerse a ciento sesenta kilómetros por hora.

—Cuidadito con los radares —advirtió Santana—. Nos van a empapelar.

—Que les den, a los radares. Estamos en acto de servicio.

La *stripper* era, efectivamente, hija de la Rusia blanca. Respondía al nombre de Olga Zdevereva y lucía unas preciosas piernas más largas que el río Misisipí.

—Fue un malentendido —explicó en un castellano trabado—, por eso retiré denuncia. No sé qué quieren ahora. Pasó hace mucho. No hay problema. —Bebió un sorbo de limonada a través de la pajita. Santana no encontraba un punto neutro en el que posar la mirada. Si las piernas de la rusa eran de infarto y las dejaba al descubierto generosamente por debajo de una falda que más bien parecía un pañuelo, su escote era profundo e incitante y su rostro, de facciones suaves y labios sensuales, era difícil de olvidar. Vázquez se aclaró la garganta aparatosamente para llamar su atención.

—¿Un malentendido? Veamos, un malentendido es si yo te digo que eres una embustera y tú entiendes que eres peluquera. Eso es un malentendido.

Olga frunció las cejas y buscó la mirada de Santana.

—Yo no soy peluquera —dijo confundida—. ¿Por qué ella piensa que soy peluquera? ¿Y por qué embustera? ¿Eso es como mentirosa?, eh, dime. ¿Por qué me llamas mentirosa?

Santana consiguió con un notable esfuerzo de voluntad apartar los ojos de sus muslos y mirarla a los ojos.

—Olga, mi compañera ha intentado ponerte un ejemplo, no muy afortunado —miró de reojo a Vázquez—, de lo que es un malentendido. Lo que quiere decir es que una denuncia por violación no puede deberse a un malentendido. O te violan o no te violan, Olga, y hay un informe del hospital que confirma la agresión sexual.

—No, no. Son cosas que pasan. —Levantó las manos y las blandió en el aire—. No fue nada.

—Te penetraron con un chuchillo y te golpearon salvajemente. Lo dice el informe y la denuncia. Eso no son cosas que pasan. Hay un hombre que está violando y asesinando mujeres en Barcelona y usa el mismo método que el que te atacó a ti. Utiliza un cuchillo para violar. Ayúdanos a detenerlo para que no le haga daño a ninguna otra mujer.

—Vale, pero hablo contigo. Ella no me gusta. —Señaló a Vázquez.

—Déjame a mí, Miriam —intercedió Santana.

—La madre que me parió —rezongó Vázquez, bajando del taburete—. Lo que me faltaba por oír. Que os divirtáis.

La rusa hizo un mohín encantador.

—Qué mal carácter.

—Tiene sus buenos momentos. Dime una cosa, Olga, ¿viste la cara del hombre que te agredió?

—Ya te he di...

—Han muerto dos mujeres —la interrumpió, sin miramientos—, y van a morir más. Luisa Benavente tenía dos hijos, dos niños pequeños que se han quedado sin madre. Mireia Lozano estaba enamorada y tenía un montón de proyectos. Ninguna de las dos merecía una muerte tan horrible. Nadie lo merece.

—No le vi la cara.

—¿Te amenazó? ¿Por eso retiraste la denuncia?

—No le vi la cara —insistió.

—Era un cliente del club en el que bailas. Lo conocías de vista. Dime la verdad, Olga. Confía en mí. Te protegeremos.

—¿Cómo te llamabas?

—Santana.

—¿Santana es tu nombre?

—Rebeca.

—Rebeca. —Pronunció el nombre con un sonido de sierra—. Me hizo mucho daño, es verdad, y lo denuncié, pero en el club me dijeron que no querían líos, que las denuncias no son buenas para negocio. Me dijeron que la Policía investiga igual, ¿sí?

—Sí, claro que sí.

—A lo mejor era un cliente que me siguió hasta casa. No sé. Me cogió cuando bajé del coche, en la calle. Me puso un cuchillo en el cuello. Subimos al piso. Mi compañera no estaba. Me tiró en la cama. Me pegó muy fuerte. No le vi la cara. Llevaba como gorro negro.

—Un pasamontañas.

—Sí. Me hizo mucho daño —repitió.

—¿Perdiste el conocimiento?

—Un rato.

—¿Te dijo algo?

—Esto te va a gustar: «zorra» o así. —Torció el gesto—. Siento mucho lo de esas mujeres. Yo también tengo un hijo, Alexei... mira. —Le mostró la fotografía de un niño rubio.

—Es muy guapo. ¿Qué años tiene?

—Nueve. Hace dos años que no lo veo. —Los ojos se le llenaron de lágrimas.

—¿Vive en Rusia?

—En San Petersburgo, con mi padre y mi hermana. A lo mejor puedo ir este verano. —Se enjugó las lágrimas con el dorso de la mano.

—Espero que puedas ir y pasar un tiempo con él. De verdad.

Olga le dedicó una envolvente sonrisa de gratitud.

—Dame la mano.

—¿La mano?

—Sí, dame.

Santana tendió la mano obediente. Olga escrutó la palma de la mano concienzudamente, achinando los ojos en un gesto característico de los miopes.

—Tienes línea de la vida muy larga. Vivirás mucho tiempo.

—¿Eso lo ves ahí? —sonrió escéptica.

—Sí, es serio. Está ahí escrito. Las líneas del destino. El destino no es solo el futuro. También lo que has vivido se puede ver. Tienes una pena muy grande, un peso en el corazón que te hace sufrir mucho. Un amor que se ha roto, creo. Y hay otra pena —siguió—, esta es vieja, muy vieja, pero no se va.

—Y tu destino, ¿también puedes verlo?

—No. El mío, no. —Mostró su maravillosa sonrisa—. Si lo hubiese visto, ¿crees que estaría aquí?

Vázquez y Puccini proseguían su idilio en el interior del Lancia. Santana entró sonriente.

—¿Qué?, ¿has sacado algo, además de un calentón?

—La duda ofende. Soy una profesional. —Se abrochó el cinturón de seguridad—. Me llamará. Para hablar del caso. —Se anticipó a la puya de Vázquez—. Ya lo verás. Sabe algo, pero necesita tiempo para decidirse a contármelo.

—He tenido que espantar a unos reporteros de la televisión local.

—¿Cómo se han enterado?

—Esto es pequeño, alguien se habrá ido de la lengua. Espero que no nos creen problemas. Se te caía la baba a base de bien, niña. No es por nada.

—Es que no se ven todos los días chicas como esta, pero no te pongas celosa, Marquesita. Tú siempre serás la primera para mí.

Vázquez arrancó bruscamente, obligando a Santana a agarrarse al salpicadero, y pisó a fondo, subiendo a tope los compases finales de la ópera.

Proverbio chino

A última hora de la tarde el *spa* del gimnasio se vaciaba mágicamente. Era el momento favorito de Malena. Tras dejarse la piel corriendo seis kilómetros en la cinta, media hora de abdominales y una sesión de *spinning* convenía relajar los músculos. Apenas quedaba nadie en la zona de aguas. El *jacuzzi* femenino era para ella sola. Cerró los ojos y dejó que las burbujas la embargasen. Últimamente andaba falta de sensaciones placenteras, y se notaba, el tímido cosquilleo del agua era bastante para desbocar la excitación y, en momentos de debilidad máxima, llevarla al orgasmo.

—Hay que joderse, Malena. Quién te ha visto y quién te ve —murmuró para sí misma.

Tres meses, veinticinco días y trece horas sin sexo compartido. Por fuerza tenía que estar al borde de la histeria. Todavía conservaba en el paladar el sabor de los últimos besos de Rebeca. Aquella mañana, la que cambiaría las cosas entre ellas de forma irreversible, amaneció trufada de nubes agónicas y grises que a ratos se descolgaban con una ración de lluvia. Malena se despertó temprano. Pasaban pocos minutos de las seis. Rebeca dormía un sueño movido, con la cabeza reclinada sobre su hombro, el brazo rodeando la cintura y las piernas enredadas entre las suyas. De vez en cuando se sacudía y murmuraba en sueños. Las pesadillas se habían espaciado en los últimos tiempos, pero raramente lograba dormir bien varias noches seguidas. Volvió a murmurar, más agitada. Malena dejó caer una caricia dulce y tranquilizadora desde la frente hasta el cuello. «Tranquila, preciosa. Solo es un sueño. No pasa nada, mi niña», musitó muy bajito, y reanudó las caricias hasta que las turbulencias que poblaban las pesadillas se apaciguaron. Poco después, Rebeca se despertó.

—¿Estás bien?

—Sí —jadeó. La miró por entre la rendija de sueño y alguna legaña—. Guapa —susurró, acoplando su cuerpo encima del de Malena—. Cómo diablos se puede estar tan guapa a las... no sé qué hora es, pero por lo oscuro que está seguro que indecentemente pronto.

—Las seis y diez —puntualizó, desviando la vista al reloj.

—Como decía... —Mordisqueó suavemente la curva de su cuello y le arrancó un gemido—. No se puede estar tan insoportablemente guapa a las seis y diez de la mañana. Debería ser anticonstitucional, letrada —repuso, deslizando la mano por la parte interna del muslo.

La abogada soltó una carcajada.

—¿Qué haces, Rebeca? —preguntó juguetona.

—Si no te apetece, lo dejo, cariño. —Detuvo la mano a milímetros del sexo.

—Te mato —la amenazó entre risas.

Minutos después hacían el amor con la intensidad habitual. Nunca imaginó que sería la última vez, que al cabo de siete horas escasas las paredes del juzgado retumbarían ante la ira de Rebeca.

—¡No quiero estar con alguien como tú!

La frase seguía clavada en el corazón de Malena como la punta de una flecha emponzoñada y venenosa, abriendo grieta en una herida obstinada, incapaz de cicatrizar.

La noche se cernió sobre la ciudad con la voracidad de los animales que acechan a sus presas, cayó a golpe de hacha, rauda y helada. Santana caminaba por las calles sin un plan determinado, mutilada, incompleta. Solo quedaba una persona en el mundo que pudiese confortarla. Dejó la moto de sustitución en el aparcamiento de la jefatura. No quería arriesgarse a nuevos contratiempos. Recurrió al taxi, y la pellizcó un sentimiento de culpabilidad. Pertenecía a esa clase de gente educada en la austeridad para la que dilapidar el dinero en taxis suponía una insensatez. Tardaron un siglo en cruzar la ciudad y llegar a la calle Lugo, en el corazón del Carmel, y tuvo tiempo de arrepentirse varias veces de haberse dejado llevar por la pereza y el capricho. Subió los escalones de dos en dos. Al abrir la puerta la recibió un olor familiar, mezcla de muchos olores. Cada hogar tiene el suyo, y el del piso de su abuelo era el olor de su infancia, de la calma, incluso en los peores momentos, el olor de su refugio.

—¡Hola!

La tele, un poco más alto de lo debido, inhibió la respuesta de su abuelo. Santana bajó el volumen y lo abrazó.

—Decía que no te esperaba, hija. Qué bien que has venido. Creo que quedan macarrones gratinados. Echa un vistazo.

—Felicidades, abuelo. ¿Has escuchado mi mensaje?

—Sí, hija. Gracias. Anda, come algo.

Le vendría de perlas un plato de buena comida casera, una dosis de normalidad. Puso el plato en el microondas y regresó al comedor.

—¿Qué estás viendo?

—He puesto una de vaqueros. —Apagó la pantalla—. A ver si la adivinas.

—Dame una pista.

—Vale. —Entrecerró los ojos para concentrarse mejor—. Sale Gregory Peck.

—Gregory Peck... —Recogió el plato, unos cubiertos, un trozo de pan, una servilleta de papel y una lata de cola y se sentó en el sofá junto a su abuelo. La alarma del microondas cortó el hilo de sus pensamientos—. Gregory Peck, un *western*... ¿*Duelo al sol*?

—No. Es otro buen *western* del señor Peck, pero no.

—Otra pista. ¿Quién es la chica?

Su abuelo sonrió.

—Tú siempre a lo tuyo.

Probó los macarrones.

—Umm, están riquísimos.

—Ya te lo dije. Tiene buena mano para la cocina

esa moza. Bueno, la chica, la de la peli, es Jean Simmons, y con eso ya lo tienes que saber. Si fallas, me debes una merienda.

—Jean Simmons, muy guapa —murmuró con la boca llena.

—Estamos de acuerdo.

Masticó disfrutando de la comida. Bebió un poco de cola y sonrió triunfal.

—Ya lo tengo, ya lo tengo. —Se dio una palma en la pierna—. Es esa de Gregory Peck que es un tío muy fino que llega al Oeste para casarse con una chica. Sale Charlton Heston... ¿cómo se llama? Espera, espera, espera, no me lo digas...

—No pensaba decírtelo —replicó el abuelo, divertido.

—*Horizontes lejanos*... no, no, es algo así. ¡*Horizontes de grandeza*!

—Sí, señora —aplaudió.

Seguía divirtiéndoles aquel juego facilón que llevaban años compartiendo.

—¿Te quedas a ver la peli conmigo? Acaba de empezar.

Yolanda Barrios la estaría esperando en alguna habitación del Hotel Jazz, ansiosa y perfumada. Rebañó el plato.

—Creo que repetiré. ¿Te preparo algo? ¿Un Cola Cao?

—Sí —pidió entusiasmado—, con galletas María.

—Eso está hecho. Anda, rebobínala al principio, ¿quieres?

Llenó la bañera con el gel de cortesía del hotel. Se

desnudó despacio, despojándose de toda la tensión del día, quitándose de encima, con el simple gesto de dejar caer la ropa al suelo, a la inspectora jefe, a la esposa, a la madre. Desnuda frente al espejo, quedaba solo la mujer. Lo que vio no la entusiasmó. Tampoco es que Yolanda fuese una devota de su propio cuerpo, ni ahora, a los cuarenta y tres, ni siquiera en la veintena, presunta cumbre del esplendor femenino. Su cuerpo era una coraza amigable que le daba pocos problemas desde el punto de vista médico y las satisfacciones justas para colmar la vanidad. No poseía un cuerpo escultural, ni jamás había pisado un gimnasio, salvo en la época en la que entrenaba para opositar a policía. Por lo demás, comía lo que le venía en gana y no se preocupaba excesivamente de su figura, con tendencia a la robustez, ni de su cutis, de natural terso. Harta de su propio cuerpo, se metió en la bañera. Rebeca se estaba retrasando. ¿Vendría? Estiró los músculos satisfecha y movió las cervicales. Estaba tensa como la cuerda de un violín. Rebeca lo solucionaría. Fue todo un hallazgo conocerla en el seminario. Congeniaron rápidamente y lo pasaron muy bien durante la cena, y posteriormente en la cama. Al menos, Yolanda lo pasó muy bien. Rebeca se notaba sobrada de experiencia en mujeres. Quizás una madurita casada no fuese más que otra muesca para ella. Mejor así. Peor sería que se encariñase demasiado. Yolanda no necesitaba dramas lésbicos en su vida, tan solo la dosis justa de intimidad con una mujer, por lo menos de vez en cuando. Quería a su marido y era feliz con él, feliz en la medida de lo razonable. No entraba en sus planes abandonarlo ni por

Rebeca ni por nadie. Jamás. La inquietante posibilidad se presentó en cierta ocasión, muchos años atrás. Estuvo a punto de liarse la manta a la cabeza, pero el niño era pequeño, o eso se dijo a sí misma. A la hora de la verdad, le falló el valor, le pudo el miedo a lo desconocido, y la dejó escapar. Afortunadamente, nunca volvió a verla. La eterna ausencia la convertía casi en irreal, hacía más llevadera la ilusión de que todo fue producto de su imaginación. El agua de la bañera se enfrió, las velas que había dispuesto estratégicamente alrededor se apagaron una a una.

Santana y su abuelo hicieron doblete. A *Horizontes de grandeza* le siguió *La última vez que vi París*. La intensa historia de amor, de encuentros y desencuentros entre Liz Taylor y Van Johnson la dejó tocada, sumida en las pantanosas aguas de la nostalgia. Extrañaba a Malena hasta un punto enloquecedor.

—Me quedaré a dormir, abuelo. Tengo la moto en el taller y es tarde. —Le estampó un beso en la mejilla y se dirigió a su antigua habitación.

Cuando ya estaba en la cama, sonaron unos golpes en la puerta.

—¿Se puede? —El anciano asomó media cabeza.

—Pasa, pasa.

Con andar inseguro, tomó asiento en el borde la cama. Santana se incorporó inquieta.

—¿Sucede algo, abuelo? ¿Te encuentras bien?

—No pasa nada —sonrió tranquilizador, y se tomó su tiempo—. Me ha llamado Malena este mediodía para felicitarme. Quería decírtelo, pero es que te pones tan triste cuando la menciono que me sabía mal.

Santana sostuvo la mirada afectuosa de su abuelo.

—Me alegro de que te haya llamado.

—Es un detalle muy bonito que se haya acordado, ¿no te parece?

—Desde luego. ¿De qué habéis hablado?

—Hemos estado charlando un buen rato de todo un poco. De política, de la situación financiera, de cine... Me ha gustado mucho hablar con ella. Tiene la cabeza bien amueblada, sí señor. Esa chica vale un imperio.

—¿Te ha preguntado por mí?

—Me ha dado recuerdos. Perdóname que te diga esto, hija mía. —Empleó un tono más severo—. Sabes que nunca me meto en tu vida, pero hay que ser idiota de remate para dejar escapar a una mujer como Malena. —Soltó el aire—. Tenía que decírtelo.

—Sí. Soy idiota de remate, abuelo.

—Rebeca, ni siquiera puedes pronunciar su nombre, por Dios. Todavía la quieres, ¿verdad?

—¿Que si la quiero? —Buscó la respuesta en los objetos familiares y a la vez ajenos de su antiguo cuarto—. Estoy loca por ella, abuelo. No me la puedo quitar de la cabeza y te juro que lo intento. Lo intento de verdad.

—Pelea por ella, Rebeca, o te arrepentirás.

—Ya me arrepiento. Me arrepiento constantemente, cada día que pasamos separadas.

—¿Recuerdas el proverbio chino que te enseñé cuando eras pequeña?

—La gente inteligente cambia de opinión cuando es preciso; los necios se obstinan —recitó.

—Rectifica, Rebeca. Rectificar es de listos.

Ya a solas, sacó del bolsillo la segunda nota que encontró en el buzón de su casa y la examinó atentamente, con una aprensión que crecía a pasos gigantes: «¿A que duele?». Tembló sin querer. ¿Realmente había herido a alguien hasta el punto de despertar un odio tan intenso? Se estrujó el cerebro intentando dar con un presunto acosador o acosadora. No se le ocurría nadie. Había una persona, en alguna parte, dispuesta a hacerle pagar sus fallos, cualesquiera que fuesen, a un precio muy alto. La inquietante pregunta se formó en su mente: ¿A qué precio sería capaz de cobrarse la venganza? ¿Su vida estaba en peligro? Quizás estaba siendo excesivamente melodramática. Recordó las palabras de Vázquez: «Del acoso a la agresión hay medio paso». Tenía razón. Lo sabía. Se arrebujó bajo las mantas acongojada y nerviosa.

Antes de dormir descubrió que tenía un mensaje de voz en el móvil.

—¿Rebeca? —El acento era inconfundible—. Soy Olga. Tienes que venir pronto, ¿sí? Ven mañana a las diez, en mi piso. Te diré la verdad. Chao.

A las nueve y veinte de una espléndida mañana, Santana llegó a Salou. Según la denuncia del año anterior, Olga vivía en un bloque de apartamentos cercano a la playa de Llevant. Aparcó frente a la puerta. El tintineo de unas llaves sonó a sus espaldas. Se giró y supo con toda certeza que la chica rubia, de suaves facciones eslavas, que se disponía a abrir la puerta era compañera de piso de la rusa.

—Hola, busco a Olga.

—Sube conmigo —sonrió cordial.

Compartieron el angosto espacio del ascensor. La chica se quitó las gafas de sol. Era bastante bonita y, obviamente, compatriota de Olga, aunque hablaba un castellano más fluido.

—¿Tú también bailas?

—Sí, pero en otro club mucho mejor. Toma. —Le tendió un *flyer*—. Por si quieres venir con tu novio. A veces vienen parejas —explicó—. Decid que os envía Tasha y os invitarán a unos chupitos.

—Gracias, Tasha. Muy amable.

—De nada. —Abrió la puerta y pasó delante de Santana. El apartamento estaba patas arriba. Tasha masculló algo en ruso.

—Qué desastre. Espera aquí, voy a despertarla.

Dobló el pasillo jurando en su idioma natal. La oyó abrir dos puertas y quitarse los zapatos de tacón alto. Lo siguiente que escuchó fue un grito de horror. Santana derrapó por el pasillo. Tasha sollozaba, agarrada al marco, la hizo a un lado con la menor brusquedad de la que fue capaz.

Olga estaba tirada en la cama, sin vida.

Le habían partido el cuello.

Abrió los ojos y deseó no haberlos abierto. Un hombre moreno, con facciones de primate y brazos de levantador de pesas elegía un cuchillo entre una serie de todas las medidas y formas, alineados en el interior de un maletín desplegable.

—Hola, zorrita. ¿Cuál te gusta más?

El pánico se apoderó de ella. Intentó moverse, buscar una oportunidad.

—Si te mueves mucho, te harás daño —sonrió.

Tenía razón. Cada movimiento arrancaba estrellas de dolor. Las ligaduras le raspaban la piel. No tenía salida. El hombre volvió a sonreír.

—Que conste que te he dado a elegir. —Empuñó el cuchillo de hoja larga y afilada—. Este me gusta. Te va a encantar. —Soltó una carcajada y se aproximó hacia ella.

—No, no me hagas daño, por favor. Haré lo que quieras, pero no me hagas daño —sollozó—, por favor...

—No lo entiendes —habló muy cerca de su oído—, de eso se trata, furcia. De hacerte daño, mucho daño.

5 días antes

Kryptonita

Vázquez se trasladó a Salou con carácter de urgencia junto a un equipo de la Policía Científica.

—¿Cómo es posible? —estalló Santana fuera de sí—. ¡Le dije que confiara en mí! Le aseguré que la protegeríamos y ahora está muerta. ¡Me cago en mi puta vida!

—Tranquilízate, Rebeca —recomendó La Marquesa.

—¡No me da la gana de tranquilizarme! —bramó—. Esa chica está muerta porque confió en mí, Miriam, ¿lo entiendes? —Derribó una silla y salió al rellano. Vázquez dialogó con los compañeros de la Científica y la dejó a su aire unos minutos. La encontró sentada en un escalón, con la cabeza hundida entre las manos.

—Rebeca. —Posó una mano en el hombro—. Ven conmigo, voy a mostrarte una cosa.

Lentamente, Santana levantó la cabeza.

—Ven. —Le tendió la mano y la ayudó a incorporarse.

Entraron en el apartamento.

—¿Podemos pasar por aquí? —preguntó Vázquez.

—Sin problemas —respondió uno de los técnicos.

—Necesitamos el televisor. ¿Está limpio?

—Sí.

Santana miró a su compañera con renovado interés. Vázquez accionó el mando a distancia y buscó el canal de la televisión local. La información del «Violador del cuchillo» abría el bloque de sucesos.

«Fuentes cercanas a la investigación han confirmado que los asesinatos del agresor conocido como el "Violador del cuchillo" están relacionados con dos violaciones sucedidas en la Costa Dorada durante el año pasado. Una de las víctimas, de nacionalidad rusa, estaría, según las mismas fuentes, colaborando estrechamente...»

—¡Pero qué es esto! ¿Es en directo?

—En diferido. Fíjate, lo pone abajo. Crespo ha contactado con la cadena. Me acaba de llamar. Lo han emitido por primera vez a las 23.15 de la noche. Llevan remitiéndolo cada quince minutos desde entonces. El avance de la noticia está colgado en la web de la cadena desde anoche.

El forense situó la hora estimada de la muerte entre las ocho y media y las nueve y media de la mañana aproximadamente.

—Todavía estaba caliente cuando la encontré. Quiero que repasen las cámaras de tráfico de la AP-7 de entre las 7.30 y las 9.30 de la mañana. A ver cuántas Citroën Berlingo de color blanco encontramos.

—Ya están en ello.

La muerte de Olga Zdevereva daba un giro de ciento ochenta grados a la investigación.

—¿Y si después de todo vive en la Costa Dorada y

solo viene a Barcelona el fin de semana para perpetrar los crímenes? No deberíamos descartar que posea una segunda vivienda cerca de Barcelona que use para retener a las víctimas y que de lunes a viernes viva en Tarragona. Explicaría que haya llegado tan deprisa al domicilio de Olga.

—Eso está bien visto, Miriam, pero si es así, si solo viene el fin de semana a Barcelona, ¿cómo las selecciona?, ¿es puro azar? Lo dudo mucho. Conoce sus horarios y sus empleos. A Mireia la secuestró un jueves por la noche. Sabía a qué hora salía, dónde aparcaba. Por fuerza la había acechado y vigilado con anterioridad. ¿Cómo podría hacerlo desde ciento y pico kilómetros de distancia? Además, los violadores no suelen alejarse tanto de su radio de acción. Según la información que me han pasado desde Delitos Sexuales, ese tío es del tipo que se denomina «violador por difusión». Son sujetos sádicos cuyo placer aumenta en función del terror que padece la víctima.

—Hijos de puta.

—Te leo textualmente para que veas hasta qué punto encaja: «Suelen infligir a sus víctimas navajazos en el vientre, fractura de la boca y mandíbula a puñetazos, penetración con objetos inanimados, quemaduras, extirpación de órganos, etcétera. Se excitan con imágenes de pornografía violenta».

—No va a parar, ¿verdad, Rebeca?

—Me temo que no, Miriam —respondió con un escalofrío—. Seguiré buscando en los archivos de casos recientes y cotejando datos.

Los resultados del ADN hallado en los cuerpos de Marina Guerra y Olga Zdevereva coincidían con el analizado en los asesinatos de Luisa Benavente y Mireia Lozano. Al menos ya sabían que el mismo hombre que el año anterior cometió dos violaciones en la Costa Dorada se había trasladado a Barcelona y, por la razón que fuese, había comenzado a asesinar. Santana se estaba dejando el alma intentando dar con un indicio que les permitiese enfilar una vía de investigación clara.

—Esto es una mierda, Crespo —rezongó—, no hay nada de nada. Dio una vuelta a la silla giratoria y hundió la cabeza entre los brazos.

—Vete a casa, Rebeca. Ya está bien por hoy. Ha sido un día muy duro. Sal un rato y distráete. —El tratamiento que su superior había seguido para mitigar su legendaria halitosis surtía efecto. Estuvo a punto de felicitarlo, pero le pareció poco delicado.

Salió a la calle. Hacía un calor pesado y pegajoso, presagio de lluvia. Se quitó la cazadora. La gente normal hacía su vida, ajena a los violadores y los asesinos. Volvían del trabajo, iban a cenar, se citaban con sus parejas. Le gustaba su trabajo, no podía negarlo, aunque a veces, en días torcidos, la impotencia arrasaba la ilusión y el entusiasmo y dejaba solo los escombros. Esos días, de los que cada caso contaba con su ración obligatoria, maldecía haber entrado en el Cuerpo, se sentía indefensa ante la maldad, pequeña e incapaz. Le costaba asumir la parte negativa del negocio. No concebía que algunos casos simplemente se perdieran en el olvido, que crímenes horribles quedaran impunes, que los asesinos pudieran campar a sus anchas por las calles y sentarse a su lado en el metro. Navarro la aleccionó al respecto unos meses antes. El asesinato de Jonathan Moya, un niño de ocho años, quedó sin resolución. Santana tardó bastante en asimilar el descalabro. En sus ratos libres, seguía investigando. Se negaba a dar su brazo a torcer.

El caso del «Violador del cuchillo», como lo había bautizado la prensa, amenazaba con convertirse en otro fracaso doloroso. La sola idea la sacaba de quicio. Una oleada de pesimismo se abatió sobre ella. Cruzó por la Boqueria y se entretuvo en contemplar las paradas expuestas con gusto exquisito, la jauría de colores, frutas exóticas, frutos secos y dulces. Turistas armados con cámaras de fotos inmortalizaban el mercado barcelonés. Compró un zumo helado de piña y coco. Solía venir con Malena los sábados por la mañana, cuando no pasaban el fin de semana fuera. Desayunaban en el Café de la Ópera y se perdían por el mercado a la caza y captura del paté francés favorito de Malena que no vendían en ningún otro lugar de la ciudad, del pescado más fresco y las frutas más raras. Sacudió la cabeza violentamente, como si con eso pudiera espantar los recuerdos. Callejeó sin sentido hasta que dio con sus huesos en el Punto. Se sentó en una mesa del piso superior a solas con la Heineken de turno. A las diez se levantó de un salto, como impulsada por un resorte, y condujo hasta Les Corts. Las ventanas de Malena estaban a oscuras. Era imposible que estuviera durmiendo. ¿Y si estaba en la cama acompañada? Se le hizo un nudo en el estómago al imaginarla con otra mujer, y el nudo se convirtió en soga al caer en la cuenta de que no iba a acariciarla nunca más. Nunca más. Las dos palabras se alzaban ante ella como un Everest inexpugnable. Las lágrimas arrasaron sus ojos y, para colmo, empezó a llover. Esperarla oculta en las cercanías de su portal, para verla entrar o salir, se estaba convirtiendo en una costumbre demencial. Otras veces variaba la táctica y se dejaba caer por los juzgados con la esperanza de cruzarse con ella en algún pasillo durante veinte segundos. Si con suerte la veía venir a lo lejos, ataviada con uno de sus trajes chaqueta que le sentaban espectacularmente bien, el maletín en la mano y la sonrisa de matadora, el suelo se resquebrajaba bajo sus pies y a duras penas atinaba a saludarla con un gesto neutro y un frío «hasta luego». Como si se conocieran solo de vista. Como si nunca hubiesen compartido el mejor año de sus vidas. El Mini color crema de Malena se deslizó por la cuesta del garaje. Sobresaltada, Santana retrocedió y se escondió debajo de la marquesina de un bar. No había nadie con ella en el coche. Esperó a que subiera y encendiera las luces. El bar cerró sus puertas, los basureros vaciaron los contenedores de las dos aceras y Santana siguió de pie, calándose hasta el tuétano frente a la ventana de Malena, incapaz de recabar el valor suficiente para hablar con ella, hasta que casi a las doce apagó las luces. Y entonces, en un relampagueo de lucidez, se acordó de Yolanda Barrios.

—No voy a acostarme contigo —anunció a modo de saludo—. No es sensato ni correcto.

—Ya que has venido hasta aquí, tómate una copa.

Titubeó. Dos negativas en una misma noche podrían ofender irremediablemente a la jefa. Tomó asiento y aceptó una cerveza con más resignación que entusiasmo.

—¿Llevas mucho tiempo haciendo esto, Yolanda?

—¿Haciendo qué?

La inspectora jefe se arrellanó en el butacón, con el albornoz estratégicamente abierto por la zona central, de modo que dejase al descubierto una buena porción de muslo. Santana no se dejó impresionar. Ya conocía el panorama y había disfrutado de otras vistas mucho mejores.

—Acostarte con mujeres.

—Desde la academia.

—¿Ya estabas casada por entonces?

—Prometida. Me casé cuando me licencié. —Bebió un trago largo.

—¿Por qué te casaste si sabías que te atraían las mujeres?

—Pensé que había sido una locura pasajera. Me juré que no volvería a ocurrir.

—¿Y tu marido?

—Viaja mucho. —Cambió la postura de las piernas. El albornoz se desplazó impúdico.

—No me refería a eso.

—Lo quiero —dijo en un tono desapasionado.

—Yo también quiero a mi abuelo, a mis amigos y amigas, y hasta quiero un poco a Vázquez, aunque nadie lo entienda. Se puede querer a mucha gente. —Le escocían los ojos. Estaba cansada y deprimida y, a decir verdad, le importaba un cuerno la doble vida de Yolanda Barrios. Había conocido a más de una como ella. No las juzgaba, pero tampoco sentía demasiada simpatía por las adictas al doble juego. Siempre acababan lastimando a alguien. Conversar era una táctica para mantenerla alejada y quietecita, jugando a cruzar y descruzar las piernas como una burda imitación de Sharon Stone en *Instinto básico*.

—No, no lo entiendes, Rebeca. El amor tiene muchas fases.

—Eso es lo que decimos cuando entra en la fase de la rutina. Entonces nos engañamos y nos decimos que basta con tenerse cariño, estar a gusto y todas esas milongas que nos hacen sentir un poco menos desgraciados. Amar es cuando te mueres por alguien, cuando tiemblas si te mira, cuando sientes la piel de gallina con solo un roce, cuando se te acelera la respiración al escuchar su voz. Eso es el amor en realidad. Lo demás son sucedáneos con los que a veces nos conformamos.

—Si lo que describes es el amor, tiene una fecha de caducidad muy limitada, ¿no te parece? A la larga, no es viable.

—A lo mejor. —La maldita cerveza no se acababa nunca—. Quién dice que tenga que durar para siempre. Esa es otra milonga. Probablemente no estemos preparados para aceptar que el amor no dura para siempre. ¿Nunca has estado enamorada? Enamorada de verdad.

—Sí, una vez. Hace mucho tiempo. —Yolanda entrecerró los ojos como si el recuerdo estuviera perdido en la lejanía de una carretera infinita y apenas alcanzase a verlo por el retrovisor.

—¿De una mujer? —preguntó Santana, aunque sospechaba la respuesta de antemano.

—Ella quería que dejara a mi familia, y yo no veía el momento. —Tragó saliva y bebió con ansia—. Al final se cansó. —Apartó los ojos de Santana y se tapó con el albornoz, aceptando la derrota—. No se lo reprocho. ¿Y tú? ¿Quién es la afortunada que te deja sin respiración?

—En estos momentos no hay ninguna afortunada, y en cualquier caso, de las dos, la afortunada era yo.

—¿Qué pasó?

—Prefiero no hablar de eso.

—Tú has preguntado y yo he contestado. Ahora te toca a ti largar por esa boquita.

—Conflictos laborales —repuso desganada.

Yolanda arqueó las cejas.

—¿Es alguien del Cuerpo?

Santana se frotó la frente.

—Es abogada.

—¿Qué clase de abogada?

—Penalista. —Casi prefería haberse acostado con Yolanda que hablar de Malena—. Te haré un resumen, que la historia es larga y si te la cuento con detalle nos dan las uvas. Hace cuatro meses declaré en un juicio en el que ella era la abogada de la defensa. El caso estaba perdido. Lo sabía la fiscalía, lo sabíamos nosotros y naturalmente lo sabía ella. Total, que subí al estrado y me machacó completamente, retorció mis palabras, puso en tela de juicio mi honestidad. En definitiva, hizo su trabajo, y como siempre, lo hizo estupendamente, sin piedad. He de decir que me advirtió. Me dijo mil veces que durante el tiempo que durase mi comparecencia me trataría como a cualquier testigo de la fiscalía. Yo la creía a medias. Pensaba que a la hora de la verdad me haría un par de preguntas intrascendentes y punto. Me hizo papilla, y yo no lo asimilé. Me sentí humillada y traicionada. Recogí mis cosas y me piré.

—Un poco drástica.

—Probablemente.

—Sabes que tardaré cinco minutos en averiguar su nombre.

—No es ningún secreto y además la conoces.

—Me tienes en vilo. No se me ocurre ninguna penalista lesbiana, al menos, ahora no caigo.

—Malena Montero.

—¿La hija de Gustavo Montero de Montero & Asociados? —Abrió los ojos y meneó la cabeza, incrédula—. Sí, claro que la conozco. No tenía ni idea de que hubieses tenido una relación.

—¿Lamentas haber dejado escapar a esa mujer, Yolanda?

La jefa recapacitó unos segundos antes de contestar.

—Pocas veces. En general, me gusta mi vida.

Santana se dirigió hacia la puerta. Antes de salir, se volvió.

—Me alegro por ti. La mía empieza a no gustarme nada.

El autobús L70 enfiló la Gran Via, dejó atrás Hospitalet y se adentró en Barcelona. En la parte trasera, media docena de jovenzuelos sudorosos y achispados hablaban a gritos y se metían con el conductor. Silvana se aferró al bolso y a la bolsa del Lidl en la que llevaba su ropa de trabajo. Compartir trayecto con adolescentes borrachos a la vuelta de la juerga era la parte más fastidiosa de trabajar la noche del sábado. Por lo demás, no estaba mal, cobraba plus de festivo y de nocturnidad y estaba tranquila, a su aire, limpiando sin prisas en compañía de la radio y, de paso, se ahorraba aguantar las interminables quejas de la encargada. El autobús frenó a la altura de la calle Mèxic. Era su parada y, al parecer, también la del grupito de niñatos borrachos. Cruzó rápidamente el semáforo y tomó la cuesta de su calle. Dos de los chicos siguieron en otra dirección, los otros tres iban a rueda de Silvana, cerca, demasiado cerca. Estaba ansiosa por llegar a casa y besar a su esposo y a sus tres niños. Por fin, tras muchas penurias y esfuerzos, habían logrado traerlos con ellos a España. Silvana y su marido abandonaron la habitación en un bajo que compartían con cinco compatriotas en el barrio de Santa Eulàlia, en Hospitalet, y alquilaron el piso de la calle Mèxic para que los niños tuvieran más espacio y empezar juntos una nueva vida. Se negaba a correr. Eso sería gritar a los cuatro vientos que estaba atemorizada, pero sus pasos, sin querer, se atropellaron rumbo a la portería. Hizo los metros finales a la carrera, entró y cerró la puerta sin aliento. Los chicos aplastaron sus caras contra el cristal, sacando la lengua, levantando el índice y tocándose los genitales. Silvana les dio la espalda y tocó el botón del ascensor. Sus músculos se relajaron involuntariamente. No oyó ningún ruido ni percibió el peligro, tan solo un dolor agudo y martilleante en la nuca y una sensación de debilidad en las piernas. Se dobló sobre sí misma y cayó al suelo.

El sábado por la noche Malena se quedó dormida viendo una película de Superman bastante aburrida.

Nunca fue su superhéroe favorito. Era más de Spi-
derman. Antes de Superman, recibió la visita de su
hermana. Patri se presentó sobre las diez, armada
con una botella de vino rosado, una pizza familiar y
la sana intención de quemar la ciudad con su hermana pequeña.

—No tengo ganas de salir, Patri, y además me da
muchísima pereza arreglarme. Acabo de ponerme el
pijama. Solo quiero leer un rato y acostarme.

—Tú no necesitas arreglarte, Lena. Te pones unos
vaqueros y una camiseta y te hacen la ola. —Malena
masticó la pizza y miró a su hermana mayor, con la
que guardaba un notable parecido—. El mundo no se
acaba en Rebeca.

—Ya lo sé.

—Ni en Rebeca ni en nadie. Eres Malena Montero,
mírate. Puedes tener a la mujer que te dé la gana.

—No exactamente.

—Y dale con la Rebequita de Dios. Ya hace varios
meses. Tienes que pasar página, Lena. —Dejó la copa
de vino en la mesa y cruzó los brazos—. A ver, explí-
came cuál es el plan. Porque tendrás algún plan para
superar lo de Rebeca y seguir adelante con tu vida,
digo yo.

—Estoy siguiendo adelante con mi vida —protestó—. Cualquiera diría que me he dado a la bebida
y duermo en la calle. Tengo derecho a estar jodida,
¿no? Tampoco voy llorando por las esquinas. Lo llevo
con toda la dignidad posible, pero no lo llevo bien,
qué quieres que te diga, Patricia. Dame tiempo.

—¿Cuánto tiempo?

—El que sea necesario.

A solas, visionó el vídeo de Sitges cinco veces, se corrió otras tantas, lloró un cuarto de hora y tomó su ración de lucidez diaria en forma de píldora milagrosa. Nadie sabía que estaba tomando ansiolíticos, ni siquiera Patricia ni sus amigos más cercanos. Volvió al despacho. Siempre detenía el visionado en el mismo punto, en el momento exacto en que Rebeca alcanzaba el orgasmo, pero el vídeo no terminaba allí. Restaban casi tres minutos que no se permitía ver. Encendió el último cigarrillo que le quedaba. Las facciones de Rebeca se relajaban, su respiración se normalizaba lentamente, soltaba una carcajada y un «Guauuuu» y abría los ojos. Malena seguía anclada en sus caderas, con la cabeza reclinada sobre el pubis, sonriendo embelesada, aspirando su perfume.

—Ven, por favor. Abrázame, abrázame —rogaba Rebeca. Sus ojos se encontraron en la penumbra de la habitación—. Abrázame, mi amor.

Malena trepaba lentamente por su cuerpo, deteniéndose a repartir besos en el vientre, en los pechos, en las axilas, el cuello y, finalmente, en la boca. Los brazos de Rebeca se ciñeron a su alrededor, aprisionándola suavemente. Le encantaba que la abrazara así, como si fuese a morirse entre sus brazos.

—Te amo, Malena, te amo.

—Y yo a ti, mi niña —se oyó decir.

Pulsó el *stop*. No podía más. Estaba amaneciendo y se había quedado sin tabaco. El domingo empezaba mal y no tenía pinta de mejorar. Ahora lo sabía. Rebeca era la kryptonita que anulaba todos sus poderes. Se tumbó en el sofá y se durmió justo cuando Superman sobrevolaba Metrópolis con la chica en brazos.

El hombre con cara de mono

El domingo por la tarde, Vázquez condujo en dirección a la zona de la Sagrada Família. Viró por la calle Mallorca y se permitió la licencia de fantasear cómo sería tener una relación de verdad con Terim. Evidentemente, no funcionaría. Tomó la determinación en dos travesías, justo a la altura del templo que refulgía iluminado y majestuoso. Se había habituado a no dar cuentas a nadie, a entrar y salir a su antojo, a perfeccionar su papel de cascarrabias. Contra todo pronóstico, le había cogido gusto a la vida de loba solitaria. Mirando en retrospectiva el calvario vivido a raíz del divorcio, le parecía increíble haber superado las noches de llanto, la adicción a los somníferos y el descenso de la autoestima a la altura del betún. Todo eso quedó atrás, perdido en la bruma borrosa de días oscuros que prefería olvidar. Terim tenía mucho que ver en ello. Con su buen hacer y su cariño, había dilapidado los temores que lastraban su vida, el miedo a no volver a sentirse deseable, la soledad forzosa, el mal humor que como un virus mortal contaminaba cada molécula de oxígeno. Terim, sus manos de mago, su cuerpo hercúleo, el incienso, las velas, la oscuridad magnética de sus ojos, el tacto enloquecedor de su piel. Todo lo que tenían empezaba y acababa en la cama. Era impensable que saliesen a cenar juntos, presentarle a Vero, asistir a la ópera. Totalmente imposible. El miedo, los prejuicios y la ausencia de amor combinaban de manera explosiva en contra del joven turco. Aparcó delante del Starbucks. A través de las ventanas observó a las parejas mirarse como se supone que se miran los que se quieren a rabiar. Como ella miraba a Marcos. Como nunca miraría a Terim.

El masajista abrió, desnudo de torso.

«La culpa es suya por estar tan bueno.»

—Hola. —Se acercó a besarlo. Él retrocedió y giró el rostro, cerró la puerta de la calle y echó a andar descalzo hacia el comedor. Se sentó en el sofá, al estilo de los indios, abrazando una taza humeante de té turco. Señaló la tetera y la invitó a servirse. Normalmente lo hacía él, siempre tan galán. Vázquez se puso en alerta.

—No podemos seguir así, Miriam —dijo al fin—. No quieres que conozca a tu familia ni amigos. Te avergüenzas de mí. Dime la verdad, Miriam: ¿me quieres?

El tráfico de la calle y la suave música que sonaba de fondo competían en desigualdad de condiciones. La miró y ella supo que tenía la partida perdida. Un claxon sonó histérico en el exterior. Terim no despegaba la mirada anhelante de su rostro, aguardando la sentencia que le iba a partir el corazón.

—No. No te quiero. —Dejó el té en la taza, sin tocar, y se marchó sintiéndose la mujer más despreciable del planeta.

El fin de semana de Santana no fue mucho mejor que el de su compañera. Quedó con Aina y Vicky el sábado por la tarde en la tetería árabe de la calle Blai, una travesía peatonal y bulliciosa cercana al Paral·lel. El té moruno era estupendo y la atmosfera, sensual y envolvente.

—Tienes que hacerle frente a tu madre, Rebeca —dictaminó Vicky, rotunda, mirándola a través de sus gafas de John Lennon. Otra vez había ganado peso, coincidiendo con su último revés sentimental. Siempre la misma historia, una y otra vez. Santana se sintió culpable por no estar más pendiente de ella. Tenía la mala costumbre de sentirse responsable de todas las personas a las que quería. Era lo que Malena solía llamar «tu complejo de superheroína».

Aina recogió la boquilla de la cachimba y aspiró con fuerza.

—¿Qué opina tu terapeuta? —preguntó mucho más cauta. Santana la observó atentamente. Tampoco Aina pasaba por un buen momento. Su relación con Virginia empezaba a acusar el desgaste de la sempiterna infidelidad de la psiquiatra.

La subinspectora saboreó el dulce de pistacho, se sirvió un poco más de té de la humeante tetera plateada y meneó la cabeza.

—No sé lo que tengo que sentir —admitió—, estoy descolocada.

El domingo visitó a su abuelo, volvió a su estudio

entrada la noche y se durmió a las tantas. El miedo la atenazaba. ¿Qué sería de su vida sin Malena? Tembló bajo la colcha nórdica. Había asumido que nunca sentiría por nadie lo que sentía por ella. Era una certeza tan aterradora como inapelable. Malena era la parte de Santana que nadie había conseguido llenar. La pieza que todo lo encajaba. El miedo y Santana mantenían una relación estrecha, casi pegajosa. Estaba habituada a lidiar con sus miedos. Toda su vida, desde los diez años, había sido una pelea continua contra el miedo, de la que acostumbraba a salir bien librada. Conocía sus rostros y sus trucos, hasta que llegó de sopetón, como un golpe de frío en primavera, este miedo nuevo y traicionero a no tenerla nunca más, a sentirse a la deriva por los restos. Metió la cabeza debajo de la almohada y rompió a llorar con todas sus fuerzas.

Había retrasado el momento más de lo conveniente. Vicky tenía razón. Ya era imposible seguir demorándolo. El lunes a primera hora se dirigió a la Barceloneta y aparcó en el Paseo Marítimo bajo un cielo tan azul que parecía un lienzo.

Puri había mejorado notablemente. Estaba sentada en la cama, apoyada en dos almohadas, hojeando una revista. Santana golpeó suavemente la puerta abierta. La habitación olía a comida de hospital y a medicamentos.

—¿Se puede?

La reclusa bajó la revista y sonrió.

—Pasa, Rebeca.

La sonrisa de su madre le era tan extraña como las costumbres de las tribus amazónicas. No sabía qué hacer con aquella sonrisa, cómo manejarla para que no la lastimase.

—¿Cómo te encuentras? Tienes mejor aspecto.

—Estoy mejor. Pronto me darán el alta.

—Bien. —Consultó el móvil por hacer algo. Le dolía ver aquel rostro tan parecido al suyo. Y la maldita sonrisa. ¿Por qué sonreía tanto?

—Me han dicho que me van a trasladar, pero no saben cuándo. Espero que sea pronto.

—Vino un funcionario de Servicios Penitenciarios a la comisaría y me puso al corriente.

—¿Qué te contó?

—Poco. Que las cosas andan mal en Wad Ras. ¿Qué ha pasado?

—La han tomado conmigo.

—Habrá algún motivo. No creo que sea porque tomaste doble ración de puré. Si no me cuentas la verdad, no podré ayudarte.

—¿Quién te ha dicho que necesite tu ayuda?

—Sabía que era mala idea. —Se encaminó a la puerta.

—¡Espera! —Santana la miró inquisitiva—. Te lo contaré. —Puri suavizó el tono—. Te diré la verdad, Rebeca. Sí que quiero tu ayuda. Estoy asustada.

—Empieza. Tengo que ir a trabajar —indicó con aspereza.

—Ni te imaginas lo duro que es ser la madre de una madero en prisión.

—¿De verdad? ¿Y ser la hija de una asesina? ¿Cómo te suena eso? ¿Crees que fue fácil cuando era pequeña? La vida de una niña de diez años con una madre convicta y un padre que se desentiende de ella es una película de Disney, no te jode... De no ser por los abuelos, habría acabado en un centro de acogida. No intentes darme pena, por favor.

—Me van a matar.

—Si quisieran matarte, ya estarías muerta. Pretenden atemorizarte.

—Tienes que exigir que el traslado sea inmediato. A ti te harán caso. Me lo debes.

—¡No te debo una mierda!

—Si no se te hubiese ocurrido meterte en el Cuerpo, no estaría en esta situación.

—Te metiste tú sola en esta situación, mamá. Y eres tú la que va concediendo entrevistas y contando tu vida.

—Esta es diferente. Es una mala pécora.

—Algo le habrás hecho.

—No le he hecho nada. Me odia por ser la madre de una policía. No va a parar hasta acabar conmigo. ¿Vas a dejar que me maten a palos? Soy tu madre, Rebeca. Si me hacen regresar a Wad Ras, no saldré viva de allí. Haz que aceleren el papeleo —la apremió.

—Soy una simple subinspectora, no tengo poder para exigir nada.

—Rebeca —insistió—, en pocos días me darán el alta. No permitas que me envíen de vuelta allí. No lo permitas, hija.

Salió del hospital con el ansia desbordada del adicto que necesita su dosis, a por un chute de sol, de aire salado, de vida, de la vida que había lejos de ella.

Malena se apostó delante de la jefatura, esperando cazar en solitario a Miriam Vázquez. Por precaución, antes de salir de casa tomó dos tazas gigantes de tila. Al fin, la vio aparcar y apearse del Lancia.

—¡Vázquez! —gritó.

La subinspectora se detuvo en seco.

—¿Rebeca está bien? —disparó a bocajarro.

Vázquez inclinó las gafas de sol de Yves Saint-Laurent y la miró por encima de la montura.

—¿Y tus modales de Sarrià, Montero? Se dice «buenos días, subinspectora».

—Buenos días —dijo a regañadientes.

—¿Qué decías de Rebeca?

—Que si está bien.

—¿Por qué no se lo preguntas tú misma? La moto está ahí. Eso es que ha llegado. Entra, ya conoces la casa.

Malena no se movió un milímetro.

—He oído no sé qué historia de que le han destrozado la moto. ¿Es cierto? Esa moto no es la suya. Rebeca conduce una Heritage Classic y esa es una Costum Super Glide.

—Te agradezco la lección de motociclismo. La moto quedó hecha mierda. Le hicieron un buen estropicio. Esa es la moto de sustitución. Rebeca está bien. De una pieza.

—¿De qué va todo esto? —preguntó Malena, inquieta.

—Alguien la está amenazando.

—¿Qué?

La abogada palideció. Por una milésima de segundo, Vázquez se compadeció de ella.

—Le han dejado un par de notas con muy mala baba.

—¿Quién? ¿Está relacionado con algún caso? ¿Lo estáis investigando, no? —la ametralló, sin contemplaciones.

—Déjalo de mi cuenta. No permitiré que le ocurra nada a Rebeca.

Santana trabajaba en su mesa, mordisqueando la capucha de un bolígrafo con expresión concentrada.

—*Malena es nombre de zorra* está preocupada por ti —anunció Vázquez, colgando el bolso en el perchero.

Santana separó los colmillos de la capucha azul y la taladró con la mirada.

—Repite la frase sin incluir la palabra «zorra», si eres tan amable.

—Está bien. Eso, que *Miss* Mundo me ha preguntado por el incidente de la moto.

—¿Quién se lo ha contado?

—A mí no me mires. Las noticias vuelan, ya lo sabes, y las malas noticias aún más. Bueno... —Se despojó del abrigo y tomó asiento en su mesa—. Deja de relamerte, niña, y a ver si recapitulamos, que me estoy perdiendo. Me da la impresión de que no avanzamos nada de nada. —Puso los pies sobre la mesa.

—Vienes *espitosa*. ¿Has tenido una noche provechosa con tu cachas turco?

—No, por ahí no vas bien, el cachas turco pasó a la historia.

Santana frunció el ceño y mordisqueó de nuevo el bolígrafo. Malena estaba preocupada por ella. La envolvía una sensación cálida y acogedora como una manta polar.

—¿Algo que quieras contarme?

—No, ahora mismo no me apetece hablar de esto. Se acabó, simplemente.

—Tenemos otro cadáver. Silvana Jaramillo, la mujer que desapareció a primera hora del domingo, su cuerpo ha aparecido esta madrugada. Un conductor alertó de la presencia de un cadáver en una cuneta paralela a la AP-7, a la altura de Cardedeu.

—¿El mismo tipo?

—La misma pauta que las otras mujeres, el mismo estilo de vejaciones. Este tío me desconcierta mucho. Si es impotente, como aseguran los de Delitos Sexuales por el uso reiterado de objetos en la penetración, debe de tener un complejo de inferioridad enorme. Vamos, para los hombres el tema de la impotencia es un asunto muy serio.

—Ya te digo si es un asunto serio. De la máxima importancia. No solo para los hombres, también para las mujeres... heterosexuales, se entiende —especificó.

—Ese es tu terreno, así que dime cómo definirías a un tío impotente o con problemas para mantener la erección.

Vázquez resopló.

—Frustrado, inseguro, acomplejado.

—Sin embargo, con todas esas carencias e inseguridades, el tío se atreve a llevarse a mujeres en plena calle o en un aparcamiento. Aunque las haya vigilado a fondo, se expone muchísimo. Es lo que me choca. Por un lado, inseguro, y por el otro, muy osado, casi imprudente. Hay algo que no entiendo. Las golpea salvajemente, les parte la mandíbula, la nariz y lo que se tercie. Lo lógico sería que las matara a golpes. ¿Por qué las estrangula?

—No lo sé.

—Para colmo, las estrangula con las bragas. No cuadra. Ponte en su lugar. Las atizas, las violas, las vejas de todas las formas posibles. ¿Qué harías para rematarlas?

—Mi imaginación no llega tan lejos. Lo siento.

Santana continuó hablando, lanzada.

—Las cogerías del cuello... —acompañó la explicación con la mímica—, y apretarías hasta matarlas. Eso es lo que haría cualquiera. Para qué complicarse la vida con las bragas. Es ilógico. ¿No habrás vuelto a tontear con tu ex, verdad?

—¿Y a ti qué te pica ahora? Me descolocas cuando saltas de una cosa a la otra, Rebeca. No es normal. Creo que es porque piensas a demasiada velocidad.

—¿Intentas despistarme? Contesta a mi pregunta, anda.

—No, no he tonteado con Marcos.

—¿Y qué ha pasado con Terim?

—A ver, exactamente qué parte de la frase «no me apetece hablar de esto» no te ha quedado clara, niña.

—Te has cagado la pata abajo, está clarísimo. Es una pena. Me gusta Terim.

—Si solo lo has visto una vez, qué te va a gustar. Lo dices para jorobarme.

—Lo he visto dos veces —recalcó—. Es educado, amable, atento.

—Uf, sí que ves cualidades a la gente en cinco minutos.

—Tú lo has dicho, pienso a mucha velocidad. Y además es guapo.

—¿Desde cuándo te fijas en los tíos?

—Soy lesbiana, no ciega.

—Que no, leche, que no me he cagado, ¿te enteras?

—Explícamelo. No lo pillo, Miriam.

—Mira, Rebeca —levantó la voz, sin ni siquiera percatarse—, si nos ponemos en este plan, yo tampoco pillo qué coño haces vagando por ahí como un alma en pena si estás colgada de Malena hasta las trancas.

Santana enrojeció hasta las raíces del cabello. La vena del cuello se le hinchó peligrosamente.

—¿Qué tiene que ver lo uno con lo otro?

—Mucho, tiene mucho que ver, Rebeca. Cuando soluciones tus problemas sentimentales, vienes y me das lecciones. Mientras, quédate calladita, que estás más guapa.

Santana salió a tomar el aire, si permanecía dos minutos más con Vázquez acabaría diciendo cosas que más adelante lamentaría. Regresó una hora más tarde. Por fortuna, su compañera había salido. Compró un bocadillo en el bar de enfrente y regresó a su mesa. Estaba dando el segundo bocado al lomo con queso cuando Crespo se encaminó a su mesa seguido de una mujer de porte elegante y rostro desmejorado que caminaba apoyada en un bastón.

—Santana, es la madre de Mireia Lozano. —Se volvió hacia la mujer y estrechó su mano—. La subinspectora la atenderá.

—¿Usted investiga la muerte de mi hija? —Se movía con dificultad.

—Siéntese, por favor. —Dejó el bocadillo, se limpió las manos y el reguero de mostaza que se deslizaba por la barbilla—. Sí, junto a otros compañeros. Me dijeron que estuvo hospitalizada, señora Lozano. ¿Se encuentra mejor?

—A medias. Gracias por preguntar. Sufrí un infarto. Ya es el segundo. Salí anteayer del hospital. Estoy bastante débil, pero tenía que venir a hablar con ustedes.

—Podría habernos llamado. Nos habríamos desplazado a su domicilio.

—Seguro que tienen cosas mejores que hacer. —Trató de sonreír, sin demasiado éxito—. Hay algo que quería comentarles. Algo que me dijo Mireia. —Se paró para recolectar una cantidad de aire suficiente y prosiguió con esfuerzo—: Me dijo que le daba la impresión de que la estaban siguiendo. —Se tocó nerviosa el collar de perlas que llevaba encima de una blusa negra. Santana observó que también el pantalón, de buen corte, era negro, al igual que la chaqueta de lana. La madre de Mireia vestía de riguroso luto.

—¿Recuerda cuándo se lo dijo?

—Sí, un par de semanas antes de... —Dejó sin terminar la frase—. He estado haciendo memoria antes de venir para ser lo más precisa posible. Ese día dijo que había visto un par de veces al mismo hombre en sitios muy distintos. Primero lo vio cerca de su casa, en la calle Loreto. Se le cayó un sobre con radiografías o ecografías y Mireia se las recogió del suelo. Por eso se fijó. Al cabo de un par de días se lo encontró en una librería del centro, por Balmes. Le dio mala espina.

—¿Describió a ese hombre?

—Le llamó la atención porque tenía cara de mono. Le recordaba a un gorila. Eso dijo.

—¿Volvió a verlo?

—Días más tarde le pregunté. Me tenía bastante

preocupada. Salía de trabajar demasiado tarde. —El aire otra vez se le quedó corto. Santana le ofreció un vaso de agua que la mujer bebió con avidez—. Gracias. Me aseguró que no lo había visto más.

—¿Algún otro detalle que recuerde?

—¡Sí! Casi lo olvido. No sabe lo que hace en la cabeza tanta medicación —se lamentó—. Me deja medio lela. Mireia le hizo una foto. No crea que mi hija iba por ahí fotografiando a la gente —se excusó—. Ya le digo que ese hombre le dio muy mala espina. Hace tres años violaron a una amiga suya y desde entonces cogió miedo. Evitaba los lugares oscuros y poco frecuentados, llevaba un espray en el bolso. Ya ve de lo que le sirvieron todas las precauciones —concluyó con los ojos empañados.

—Señora Lozano, esa foto, ¿su hija la hizo con el móvil?

—Supongo que sí. Se compró un aparato muy moderno en Tokio. Lo deben de tener ustedes porque a mí no me lo han devuelto.

En cuanto se despidió de la madre de Mireia Lozano, trotó hacia el depósito de pruebas. Rebuscó durante un buen rato hasta que dio con los efectos personales de Mireia Lozano, clasificados como pendientes de devolución. Localizó el iPhone de Mireia. Naturalmente, habían pedido, como medida rutinaria, la orden pertinente para escarbar en la memoria del teléfono.

—Le pasé el informe del móvil a La Marquesa —confirmó Crespo—. Debe de tenerlo por ahí. Básicamente, decía que los mensajes de texto eran anodinos y sin mayor trascendencia y sus llamadas se

ceñían a personas de su entorno laboral y familiar.
Tenía poca vida social, si no recuerdo mal. Ven, te
daré una copia del informe y el pin.

Mireia apenas almacenaba una docena de fotos.
Tokio de noche y la foto del tipo con cara de gorila. La
fotografía estaba movida. Se veía el perfil del hombre,
presumiblemente cuando abandonaba la librería.

—Ve al departamento técnico —aconsejó el inspector—, a ver qué pueden hacer.

En el departamento técnico, Milagros García, en
honor a su nombre, hizo todo lo posible por mejorar
la calidad y reducir el pixelado de la imagen.

—Esto es lo mejor que puedo conseguir, Santana
—anunció tras un buen rato. La subinspectora tiró la
botella de agua a la papelera y se acercó. La imagen
había mejorado, pero seguía muy lejos de lo deseable. Forzó la vista.

—¿Qué lleva en la mano?

García pinchó donde le indicaba.

—Parece una bolsa de plástico —comentó.

—¿Puedes ampliarla?

—Claro. Te la imprimo. Es de una farmacia.

—Sí, pero no distingo las letras. ¿Farmacia Gandía?

—No, es más largo. ¿Gándara?

—Garmendia. Creo que pone «Garmendia». Busca
en la red, por favor, Milagros, guapa, si hay alguna
farmacia Garmendia. Ya sé que no es tu curro, pero
me haces un favor enorme.

—Si me lo pides así... —sonrió. Realizó la búsqueda
entre bromas—. Aquí está. Farmacia Garmendia. Aribau, 26. Ya te miro el plano para ver a qué altura cae,
no hace falta que me lo pidas.

—Cuánta eficacia.

—Está entre Diputació y Consell de Cent. ¿Algo más, señorita Escarlata?

Santana rio, le pasó la mano por el pelo corto que le daba un aire a Sigourney Weaver en *Aliens, el regreso.*

—Muy chulo el *piercing.* A mí no me dejan llevarlo.

—Yo es que estoy aquí recluida. No importa que tenga una pinta rarita, aunque... —La repasó de arriba abajo—. Tú no es que vayas muy al estilo del Cuerpo.

—¿Tú también? Ya tengo bastante con las clases de moda de la señorita Pepis que me da Vázquez.

García rio de buena gana.

—A mí me mola tu estilo, Santana, pero no es muy ortodoxo, que digamos.

—Eso está mejor. Gracias por todo.

Volvió a su mesa y envió las fotos a los familiares de las víctimas y a Marina Guerra. Vázquez regresó a tiempo de hacerse con una copia y personarse en la farmacia Garmendia. La cola era de escándalo. Al parecer, todo el barrio había enfermado a la vez. Vázquez tanteó la opción de pasar por alto a los clientes acatarrados y mostrar la placa, al estilo Harry el Sucio, pero desistió. Guardó turno como todo hijo de vecino y resopló nerviosa jurando por lo bajo. Por fin, tras casi veinte minutos de espera, la atendieron. La dependienta perdió la sonrisa por el camino en cuanto la subinspectora se identificó. Debería haberse dedicado al reparto de flores. La recibirían siempre con una sonrisa de oreja a oreja y la despedirían con una buena propina.

—¿Es muy urgente, señora? —inquirió la joven desde detrás del mostrador—, es que ahora no es buen momento. —Hizo un gesto con la cabeza señalando detrás de la subinspectora. Vázquez miró por encima del hombro a la decena de personas que se apiñaban tras ella.

—Hombre, pues sí, es bastante urgente. —Puso la foto en el mostrador—. ¿Ha visto a este hombre?

—Se ve muy mal.

—Ya.

—No le sabría decir. ¿Para qué lo busca? ¿Ha hecho algo malo?

Vázquez le dirigió una mirada poco caritativa.

—Le ha tocado un viaje al Caribe y se lo tengo que notificar.

La auxiliar tardó unos segundos en captar el sarcasmo, se sonrojó intensamente y apartó la foto, como si contuviera algún producto tóxico.

—Creo que no lo he visto.

—Se la dejaré por aquí. Que la miren sus compañeros de la tarde, sus jefes. Todos los empleados. Es importante.

En el piso de la calle Mèxic, casi tocando a Montjuïc, Osvaldo Díaz, el esposo de Silvana Jaramillo, recibía a Santana. Los hijos del matrimonio, tres niños muy morenos y rellenitos, veían la televisión en el comedor mientras devoraban sendos bocadillos con buen apetito. Los tres se levantaron al unísono y saludaron a la subinspectora con mucha educación. Osvaldo la invitó a sentarse en el balcón y cerró la puerta corredera tras ellos.

—Disculpe mi atuendo. —Vestía un mono azul moteado de polvo—. Acabo de regresar del trabajo. ¿Le puedo ofrecer un café o un refresco?

—No se moleste, gracias.

—Dígame, subinspectora, ¿en qué puedo ayudarla?

Santana calculó que rondaba los treinta y cinco años, pero parecía mucho mayor. Las ojeras, el cansancio y el dolor le habían echado encima una década de vida.

—¿Le consta si su esposa notó algo raro en los últimos tiempos, si vio a algún hombre que le resultase sospechoso o que pareciese demostrar demasiado interés en ella?

—No, no me consta. Al menos, no me dijo nada.

—¿Trabajaba siempre de noche?

—Sí, salía más a cuenta por los pluses. Su turno era de once de la noche a seis de la mañana.

—¿Y los fines de semana?

Osvaldo asintió.

—También. Libraba el lunes y el martes.

—¿Qué piensan hacer? ¿Regresarán a Ecuador?

Desvió la mirada hacia sus hijos y meneó la cabeza.

—España era el sueño de Silvana. Fue ella la que quiso venir acá, sobre todo por los niños. Para que tuvieran más oportunidades. Yo no puedo traicionar sus deseos. Nos quedaremos y saldremos adelante. Es lo que ella hubiese querido.

Santana sintió una enorme pena por aquel hombre y sus tres niños, cuya misión en adelante sería honrar los sueños de la madre y esposa muerta.

Cambio de rumbo

Por fin pasó a recoger su moto. Estaba como nueva. Le dio gas, sintiéndose un poco mejor. De vuelta a la jefatura, Yolanda Barrios la interceptó en la entrada. La subinspectora reculó con cara de circunstancias y se detuvo a la altura de la ventanilla abierta del coche. Lo último que le apetecía en el mundo era charlar con la Barrios. Nunca hubiera pensado que echaría en falta a Robles.

—El martes vuelve Robles —comentó, como si acabara de escanear su pensamiento—. Podríamos tomar una copa de despedida esta tarde, si no tienes ningún compromiso, claro.

—Se lo diré a Vázquez y a los chicos —repuso diplomática.

Yolanda Barrios sonrió y se despidió con una sonrisa socarrona.

—Eres imposible, Rebeca.

Vázquez la esperaba con el abrigo puesto y cara de pocos amigos.

—Marina Guerra ha reconocido la foto que le has enviado. Nos vamos.

—La Barrios me ha dicho que si os hace una copa esta tarde. —Comprobó el correo electrónico y apagó el ordenador—. ¿Te apuntas?

—¿Es que no vas a ir a la fiesta de despedida de Malena?

Santana se quedó petrificada en la puerta. Una corriente de aire ártico descendió por su espina dorsal y erizó el vello de todo su cuerpo.

—¿Despedida? ¿Cómo que despedida? ¿De qué estás hablando, Miriam?

—Malena deja el turno de oficio. Pensaba que lo sabías. Sus compañeros le han montado una fiesta en el bar que hay delante de los juzgados. Es esta tarde. Todo el mundo va a ir.

Vázquez condujo de nuevo a Cambrils. Bien por deferencia a Santana y al golpe que acababa de sufrir, o bien porque precisaba una banda sonora menos lírica, concedió una jornada de descanso a Puccini y se inclinó por un recopilatorio de grandes éxitos de Aretha Franklin que amenizó un viaje extrañamente silencioso.

Marina Guerra las recibió con cara de agotamiento y presentó a su marido, Héctor, un hombre enjuto, de barba espesa y mirada suspicaz.

—Se llama José Luis. No parecía mal tipo. Era clavado a un mono. Muy fuerte, eso sí. Se veía que hacía pesas. —Héctor se llevó las manos a la cara y se restregó furiosamente los ojos—. Cuando pienso que lo saludaba tan amable, como un auténtico imbécil... —Apretó los dientes—. Lo que debió reírse el desgraciado.

—No se torture —lo consoló Santana—, usted no podía saberlo. ¿Recuerda cuándo dejó de verlo por aquí?

—Es difícil concretarlo. —Se mesó de nuevo la barba—. Después del verano, tal vez. Sí, las últimas veces que vi a la anciana iba con una joven latina. Me dijo que José Luis se había despedido. Creo recordar que había encontrado un empleo en Barcelona.

—Ha dicho las últimas veces que la vio, ¿ya no la ve por el barrio? —intervino Vázquez.

—Murió en Navidad. Su nieto vive ahora en la casa. Dibuja cómics. Hablen con él.

—¿Algo que recuerde o que quiera añadir, Marina? —inquirió Santana.

La mujer pareció regresar de un lugar muy lejano. Adaptó la expresión a las exigencias y apretó la mano de su esposo en un gesto tranquilizador que no dejaba de ser curioso.

—No.

Recorrieron la urbanización en un silencio acorde al ambiente que se respiraba en las calles quietas y desiertas.

—Esto está bien para veranear, para vivir, ni hablar. Yo me moriría en un sitio así —comentó Santana.

—¿Qué tiene de malo? Es bien bonito el barrio.

—No tiene nada de malo. Es solo que yo me volvería loca con tanto silencio, tanta pulcritud y tanta barbacoa dominguera. Me va lo macarra. Qué le vamos a hacer. Soy del Carmel.

—Eso de que te va lo macarra no lo dirás por Malena, ¿verdad? No es más pija porque no se entrena.

—Dijo La Marquesa de Pedralbes...

—Lo suyo es pijerío de cuna, yo me he apañado para dar el pego.

—¿Qué quieres decir con eso?

—Te lo contaré un día de estos, niña.

El dibujante de cómics se llamaba Daniel, apenas superaba los veinte años, o eso parecía, en parte debido a unos ojos muy azules y vivos y un rostro pecoso y simpático. La visita de la Policía lo pilló totalmente desprevenido, envuelto en una espesa humareda de marihuana. Abrió la ventana de par en par a pesar del frío exterior para disipar el denso tufo a hierba.

—Hijo, cierra esa ventana —ordenó Vázquez, entre compasiva y condescendiente—, lo que fumes es un problema tuyo y de tus neuronas. A mi compañera y a mí nos la trae floja, pero nos fastidiaría resfriarnos. Estamos hasta arriba de trabajo y si una coge la baja, la otra se queda con el culo al aire, ¿lo entiendes?

El chico obedeció atropelladamente al tiempo que mascullaba una disculpa ininteligible. Una vez aposentados los tres, algo más calmado, les habló de José Luis.

—Siempre me pareció un tipo extraño. Me ponía los pelos de punta. Se lo dije a mi abuela, pero ella se reía. Confiaba en la gente por naturaleza. Era muy buena.

—¿Cómo entraron en contacto con José Luis?, ¿a través de una agencia o por un anuncio...?

—Lo contraté yo. Es decir, mi prima y yo. Pusimos un anuncio en varias publicaciones gratuitas y en bolsas de trabajo de Internet.

—Y a pesar de que le daba escalofríos, lo dejó al cuidado de su abuela —atizó Vázquez.

Daniel se removió en la silla.

—Bueno... Silvia, mi prima, dijo que era el mejor de los que había entrevistado. —Se encogió de hombros—. La verdad es que ella se encargó de hacer las entrevistas. Yo solo entrevisté a una candidata. Me remordía la conciencia por haberle dejado todo el trabajo, y además, mi prima es un poco mandona, y no quise discutir. ¿Qué es lo que ha hecho José Luis?

—De momento, no necesita saberlo —replicó La Marquesa.

—Perdón —se ruborizó—, solo era curiosidad.

Santana estudió la sudadera del chico y se descolgó con una sonrisa amistosa.

—¿Te gusta Pearl Jam, Daniel?

—Sí. —Pareció súbitamente más relajado—. Mucho.

—A mí también. Especialmente los primeros discos.

El joven sonrió entusiasmado.

—*Vitalogy* es espectacular.

—Es mi favorito —repuso la subinspectora—. *No Code* también es muy bueno, pero no tanto. Y *Ten*, claro.

—*Ten* es de lo mejorcito que han sacado. ¿Tienes algún concierto en vivo?

—Todos.

—Tiene un directo bestial —se lanzó, mucho más seguro, al sentirse en su salsa—. Qué mal educado. No os he ofrecido nada. ¿Queréis tomar algo?

Vázquez meneó la cabeza, sombría.

—Una cola, si tienes —pidió Santana con una sonrisa.

Daniel trajo el refresco y unas olivas rellenas.

Santana bebió un par de sorbos y encauzó de nuevo la conversación hacia el sospechoso.

—¿Cuánto tiempo estuvo José Luis al cuidado de tu abuela?

—Un año, casi.

—¿Vivía aquí con vosotros?

—No. Trabajaba de ocho a cinco. A esa hora yo llegaba y ya me quedaba con ella, o si tenía que salir, venía mi prima. Vive cerca de aquí. Ahora está en Almería visitando a su madre.

—¿Conoces algún detalle de la vida de José Luis? —Vázquez metió baza—. ¿Vivía en Cambrils?

—Que yo sepa vivía en Salou con su hermana Anabel. Ella es más joven. Tiene un par de años menos que yo. Es bastante guapa. No se parece mucho a él.

—¿Qué vehículo conducía?

—Una furgo pequeña de color blanco. Una Citroën.

—No tendrás por ahí una copia del contrato de trabajo, por casualidad —solicitó Santana.

—Lo siento. No le hicimos contrato. Todo era en negro. —Volvió a ruborizarse.

—¿Un teléfono de contacto? ¿Un apellido?

—Ferrándiz. Se llama José Luis Ferrándiz Cánovas; no, Cano. Ferrándiz Cano, sí. Me acuerdo porque le hice una carta de recomendación antes de marcharse a Barcelona. Mi prima seguro que tiene el número —se animó—. Si quieres puedo pedírselo.

—Eso nos ayudaría mucho.

Salieron de la casa con el móvil y el apellido del

sospechoso. El hombre con cara de mono se llamaba José Luis Ferrándiz Cano.

—¿Qué ha sido eso? ¿Estabas ligando con el pimpollo este?

—Qué mente tan enferma. No estaba ligando, por favor. ¿Tú distingues la amabilidad del flirteo? Intentaba que no lo perdiéramos, Miriam, darle confianza para llevarlo a nuestro terreno. Lo estabas intimidando. —Tras un largo silencio, añadió—: No sé si has visto por la jefatura unos cartelitos de cursos para agentes. Hay un curso de habilidades sociales que te vendría de coña.

—¿Habilidades sociales? —Rompió a reír, sarcástica—. Lo dices porque no he sido tan enrollada como tú con un fumeta que dibuja marcianitos. ¡No me jodas, Rebeca!

—Hay otras formas de interactuar con las personas, Miriam, sin ladrar, y te las pueden mostrar. Solo digo eso.

—Si me descuido, acabas fumando porros con él y escuchando a esos *como se llamen*. ¿Para qué voy a hacer ese curso? Si te tengo a ti que eres la leche de simpática. Lo mismo te metes en el bolsillo a un porrero que a una bailarina rusa. Niña, yo nunca seré así ni aunque haga un millón de cursos. Aceptémoslo.

Desde tráfico les proporcionaron una dirección del sospechoso en Salou que ya no estaba vigente. El piso de alquiler estaba ocupado desde hacía meses por una familia alemana. Probaron con otro nombre: Anabel, o Ana Isabel Ferrándiz Cano. La joven acababa de sacarse el permiso de conducir. En sus documentos de tráfico figuraba una dirección del barrio Gótico, en la calle Princesa. Acudieron de inmediato. No había nadie en el inmueble. Yolanda Barrios ordenó una vigilancia continua pero discreta del domicilio.

—Tengan los móviles a mano y operativos —indicó a las subinspectoras—, si hay movimiento, se les avisará.

Malena miró a su alrededor. Llevaba seis años ocupando aquel despacho. Había pasado más tiempo allí que en ningún otro lugar. Casi no podía creer que lo estuviera desalojando. Equivalía, en cierta forma, a dejar atrás una parte de sí misma que acaso ya nunca volvería. Unos golpecitos tímidos sonaron en la puerta.

—Adelante.

Suspiró, esforzándose por abortar la vena sentimental, y colocó unos cuantos manuales de derecho en una caja.

—Buenas.

El brazo de Malena se detuvo en el aire, a medio camino entre la estantería y la caja. La sangre se heló en las venas, y a la vez, paradójicamente, un calor infernal se expandió por su cuerpo.

—Hola —logró decir tras una fiera lucha con el nudo que oprimía su garganta. Lentamente se volvió. Hacía mucho tiempo que no estaban tan cerca. Afortunadamente, la mesa mediaba entre ellas como una barrera protectora. La necesidad de tocarla era tan intensa que le dolían las manos.

—O sea que es cierto que te vas. —Santana procuró que la voz no se le desplomase. Lo consiguió a medias. El despacho de Malena le traía buenos recuerdos. Aquella mesa, si se decidiera a chivarse algún día, tendría relatos muy jugosos que contar sobre las dos. Malena en minifalda, tumbada encima de varios fajos de expedientes, la camisa desabrochada, los labios incandescentes. Más le valía desterrar aquellas imágenes turbadoras. Estaba empezando a sudar.

—Sí, me voy.

Malena la miraba y no la miraba. Trucos de abogados. A Santana le costaba mucho más apartar los ojos de ella. Mirarla era un suplicio y un regalo.

—¿Cómo es eso?

—Necesito un cambio de rumbo. —Seguía a lo suyo. Recogiendo aquí y allá, sin mucho sentido. Daba lo mismo. Necesitaba ocupar las manos, moverse, mover los ojos, no detenerlos en los suyos. No podía venirse abajo—. Hay una plaza en la fiscalía. Tendré que opositar y volver a hincar los codos...

—Te sacarás la plaza sin pestañear.

—No será tan fácil. Hay que aprobar la oposición y luego pasar el curso en el Centro de Estudios Jurídicos. Ya veremos. También tengo una propuesta de un bufete privado. Es una oferta muy atractiva económicamente, pero no me llama el ambiente de los bufetes. Sé de qué va eso. Lo he vivido en casa.

—En la fiscalía hay gente muy válida, aunque nunca sobran abogados de tu nivel. Es una gran noticia.

Se volvió de nuevo hacia la estantería, aliviada de evitar el contacto visual unos segundos preciosos que le vinieron de perlas para reconstruir su maltrecha serenidad.

—¿Me vas a bailar el agua a estas alturas, Rebeca?

La miró tan rápido que Santana apenas estuvo segura de que hubiesen cruzado la mirada.

—Sabes que lo digo en serio.

—Hay una fiesta de despedida más tarde. Pásate si tienes un rato —la invitó con fingida despreocupación.

—Intentaré acercarme —contestó Santana en el mismo tono.

—¿Estás enrollada con Yolanda Barrios?

Había perdido el control de las palabras. No era propio de ella. Claro que en los últimos meses, nada de lo que hacía o decía era propio de ella.

—Siempre me ha pitado el radar con esa tía. Antes os he visto hablando en el aparcamiento de la comisaría y he tenido la impresión de que había algo entre vosotras. —No quiso esquivar la mirada de Santana. Esta vez la mantuvo, aunque no estaba nada segura de no romper a llorar en cualquier momento—. Pero no tienes por qué contármelo —se retractó a destiempo.

—No es nada importante —aseguró Santana. Quería salir corriendo de allí, huir de la sensación enloquecedora de su proximidad. El aire se saturaba con su aroma.

—¿Y ella lo sabe?

—Nos acostamos una vez. Solo fue sexo, nada más, y ni siquiera muy bueno. En realidad fue una soberana estupidez.

—El sexo siempre es algo, Rebeca. Es íntimo.

Cuando pensaba en Rebeca y la cretina de su jefa juntas en la cama, se le removían las tripas.

—A veces el sexo lo significa todo, cuando hay sentimientos de por medio, y otras veces es un simple intercambio de fluidos —replicó Santana—. Tampoco yo soy nada importante para ella, un entretenimiento pasajero.

Estaba perdiendo el control totalmente, y lo peor de todo era que le daba igual. Total, ella ya no era ella, así que podía permitirse el lujo de ser otra, de quitarse la armadura y enfrentarse a Rebeca a cara descubierta, aun a riesgo de llevarse un roto de mucho cuidado. Otro más. Hacía meses que estaba rota, andaba por la vida apedazada a base de parches y esparadrapo.

—Qué desperdicio. Tú te mereces ser lo más importante en la vida de cualquiera —dijo siendo, después de todo, más ella que nunca. Qué coño. Tenía sus armas, armamento pesado, era lícito usarlo. Rebeca se derretía cuando la miraba así. Que se derritiera. No tendría piedad.

—Para ti no lo fui. Antepusiste tu trabajo a nuestra relación —objetó Santana, activando su sistema defensivo. Si continuaba mirándola de aquel modo, se desmayaría, o la besaría. Una de dos.

—Eso no es verdad, Rebeca. No es verdad —dijo con una vehemencia que abrió brecha en la subinspectora—. Siempre fuiste lo primero para mí. Me limité a separar nuestra vida personal del trabajo. Tú no lo hiciste.

¿Por qué diablos hacía tanto calor en el despacho? Malena la miraba por partida doble, en la mesa, ya con el tanga por los tobillos y los pechos al descubierto devorándola a besos, y de pie, vestida, insoportablemente cerca, insoportablemente hermosa.

El móvil de la unidad sonó estridente. Salvada por la campana.

—Disculpa —suspiró. Malena no supo si de alivio o de contrariedad—. Hola, Yolanda. Voy. Vale. —Colgó.

—¿La jefa está cachonda? —Por primera vez, Malena se arrancó con una de sus sonrisas marca de la casa.

—Es por trabajo.

—Corre. No la hagas esperar.

—Gracias por llamar a mi abuelo el día de su santo. —Aprovechó la circunstancia para cambiar de tema—. Fue un buen detalle.

—Aprecio a tu abuelo. No tienes que darme las gracias.

—Y él a ti. Más que eso —sonrió—, te adora.

Malena se mordió el labio. Solía hacerlo cuando encaraba un tema espinoso.

—¿Siguen acosándote, Rebeca? Me contaron lo de tu moto.

—Algún descerebrado que se aburre. Lo pillaremos.

—Vázquez me dijo que has recibido anónimos.

«Será bocazas La Marquesa.»

—Bah, son bravuconadas. No te preocupes.

—Cómo no voy a preocuparme.

Vaciló un momento, se acordó de su abuelo, «Pelea por ella», y lanzó el dado en la mesa.

—Por si no nos vemos luego: ¿irás a la Silk este sábado?

Completamente fuera de onda, Malena ni se había enterado de que se celebraba una Silk, la fiesta para chicas más exclusiva de la ciudad. Por supuesto, no iba a permitir que la sorprendiera con la guardia baja.

—No me la perdería por nada.

Santana permaneció en comisaría un buen rato, barajando diversas opciones. Tenía pendiente una charla con Virginia, una copa con Yolanda Barrios y la fiesta de Malena. Desechó las tres opciones y llamó a Marc, su mejor amigo desde la facultad. Quedaron que pasaría a recogerlo por el centro de menores en el que ejercía de psicólogo. Santana había trabajado allí durante dos años. Todo seguía igual. Los chicos eran otros pero parecían los mismos. La mirada cuajada de ira de los veteranos y de pánico de los novatos. En su mayoría, los educadores habían sido sustituidos por otros. Solo dos seguían a bordo. Charló con ellos unos minutos y subió al primer piso, donde se ubicaba el despacho de Marc.

—Pasa, Rebeca. —Su amigo le pareció aún más alto y corpulento que de costumbre, y tuvo la impresión de que se movía con cierta pesadez. Rodeó la mesa, dejó la pila de documentos que estaba ordenando y la abrazó. Se sintió como Jessica Lange entre los brazos de King Kong.

—¿Cómo está todo por aquí?

—Como siempre. Muchos chicos, pocos recursos, educadores que se queman a los tres días. Ya conoces el percal —explicó mientras apagaba el ordenador—. ¿Y tú qué tal?

—Estresada, pero era lo que quería. No me puedo quejar.

—A ti siempre te ha ido la marcha, Rebequita.

—Y Carla, ¿no viene a cenar?

—Prefiero cenar a solas con una vieja amiga. ¿Te parece mal?

—Para nada. Espero que no haya problemas en el paraíso.

El tema quedó en suspenso. Salieron del centro y recorrieron a pie las tres manzanas que les separaban del restaurante, conversando sobre asuntos neutros. Ya aposentados en la mesa y frente a dos copas de vino rosado, Santana rebobinó.

—¿Todo bien en casa, Marc?

Él saboreó el vino.

—¿Qué es bien, Rebeca?

—Lo contrario de mal.

Marc sonrió y bebió de nuevo.

—Vamos tirando. Trabajamos demasiado, nos vemos poco, follamos menos y todo lo que ganamos es para pagar la hipoteca y los dos coches. Más o menos como todo el mundo, me imagino.

—Todas las parejas tienen malas rachas, Marc.

—Eso dice Carla. Que es un bache.

—¿Y tú qué dices?

La desidia no formaba parte del carácter de Marc, siempre activo y entusiasta. La entristecía verlo apagado, sin aquel brillo en los ojos que contagiaba alegría.

—Que no sé si esto es un bache o un socavón. Eso no se lo digo a ella, claro. Te lo digo a ti. Cuando vamos a comer a casa de mis padres los domingos los veo a ellos y a nosotros, y ¿sabes?, no hay ninguna puta diferencia. Todo es lo mismo. No sé si esto es lo que quiero, domingos siempre iguales. Me siento atrapado.

Durante la cena pasaron revista a los viejos tiempos de la facultad y los años que compartieron en el centro. Al término de la segunda copa, Santana empezó a acusar el efecto del vino en forma de una somnolencia aparatosa. Para contrarrestar, se saltó el postre y pidió un café muy cargado.

—Llevamos toda la cena hablando de mí, de los demás. Pero de ti ni una palabra. ¿Qué es lo que te preocupa tanto?

Se frotó los ojos enérgicamente. Había tenido mucho cuidado de no mencionar a Malena. No se sentía con fuerzas para hablar de ella. Su encuentro de unas horas antes la había afectado profundamente.

—Varias cosas, cariño.

—¿Te trata Virginia Bierzos?

—No, ya no.

—Es muy buena.

—Y también está muy buena, y es amiga mía, y pareja de una amiga y... demasiadas implicaciones personales.

—Tenéis una relación muy rarita Bierzos y tú.

—Fue mi primera novia y hemos reincidido más de una vez. Me conoce demasiado y eso acabó siendo contraproducente para la terapia. No lográbamos mantener la distancia adecuada. Me trata Roberto Segarra.

—Es aún mejor. Segarra es una eminencia.

—Es magnífico. Estamos progresando mucho. —El café despejó en buena parte la nebulosa de su cabeza.

Marc no renunció al postre, pidió una tarta de almendras con nata y dio buena cuenta.

—¿Te has vuelto heterosexual, Rebequita? —soltó, llevándose a la boca una generosa cucharada de nata.

La expresión de Santana fue impagable. Se atragantó con el café y tosió.

—¿Eso a qué viene?

—A que prácticamente no has mencionado a una mujer en toda la noche. Pero no, creo que sigues en tu acera porque le has echado un par de miradas al trasero de la camarera, que, por cierto, está muy bien.

—Lo está —ratificó sonriendo.

—O sea que...

—Que nada, Marc. Si tú estás en un socavón, yo estoy bajo tierra.

—Malena, la guapa, supongo.

—Supones bien.

—Te dije que te tragaras tu orgullo de gilipollas y arreglaras las cosas.

—Me lo dijiste. Cierto.

—Y no me hiciste ni puto caso.

—Obviamente.

—Y ahora todo es más complicado y las disculpas ya no vienen a cuento. ¿Me equivoco?

—No, pedazo de cabrón —rio—. No te equivocas.

La fiesta de despedida de Malena fue un éxito. No faltó nadie, exceptuando a Santana. Ni siquiera Vázquez, cuya antipatía por la abogada era famosa, quiso faltar a la cita. Acudió medio arrastrada por Crespo y Llorens, en gran parte para firmar la paz definitiva con su compañera y animarla a intentar un acercamiento a Malena, convencida de que Santana estaría por allí babeando como una cosaca, pero la niñata la había dejado plantada, rodeada de abogados y policías achispados. Se tomaría una copa y se marcharía a casa.

—Hola.

¿Conocía de algo al tipo rapado al uno de profundos ojos verdes y espalda de cuatro metros que le sonreía agarrado a un vaso de whisky?

—Hola —respondió a la defensiva. No sería el polvo del viernes del guaperas que la miraba desde sus casi dos metros de altura—. ¿Nos conocemos?

Él sonrió otra vez. Vázquez desconfiaba de la gente que sonríe constantemente. Tanta sonrisa solo se podía deber a dos cosas: o estaba muy borracho o era idiota. Probablemente, decidió, sería la suma de las dos cosas. Pero estaba cañón, eso sí.

—De eso se trata, de que nos conozcamos. Soy Alejandro. —Le tendió una mano enorme y helada. Vázquez respondió al apretón con cierto apuro.

—Miriam. ¿Estás en el Cuerpo?

—Geo. ¿Tú también? Pensé que eras abogada.

—Homicidios. Bueno, ya nos conocemos. Hasta otra, Alejandro. —Se mezcló entre la gente dejando al geo con cara de bobo.

—Eh, eh. —El hombretón se hizo un hueco a base de cuerpo y empujones y se plantó ante ella—. ¿Tienes algo en contra de los geos?

Vázquez sonrió condescendiente. No estaba habituado a desplantes. Pobrecito.

—He conocido a alguno de gatillo fácil. Y me refiero a la hora de disparar, no a otra cosa —se apresuró a aclarar ante la mirada divertida de Alejandro—. Complejo de superhéroes, mucho valor y poca mollera, pero vamos, tampoco es que tenga nada en contra.

—¿Y contra los hombres en general?

La subinspectora dio cuenta de su *gin-tonic*.

—¿Intentas ligar conmigo?

La sonrisa regresó al rostro del geo. Era realmente atractivo.

—Me gustaría. ¿Hay algo de malo en eso?

—Sí, que paso. Buenas noches y buena suerte.

Lo vio dos o tres veces más, y cada vez que sus ojos chocaron contra él, la estaba mirando. A la una menos cuarto se despidió de Malena y regresó a pie a la jefatura, donde esperaba su coche. Corría un aire fresco que le sentó bien en contraste con el ambiente cargado del bar. Sus ojos y sus pulmones lo agradecieron. Cruzó hacia el Born. Un motorista pasó por su lado, exageradamente cerca. Vázquez nombró a su madre y a otros familiares. Antes de reemprender el paso se dio cuenta de que, en su carrera, el motorista había dejado caer algo blanco justo a sus pies. Se agachó. Era un papel doblado. Lo desdobló. Había un número de móvil escrito en bolígrafo. «El tuyo lo averiguaré, no te preocupes. Buenas noches y buena suerte.»

La sensación de pérdida de tiempo no abandonaba a Santana un segundo, pero no podía quedarse sin hacer nada. Dormir era impensable; al menos, trabajando en la unidad pasaban las horas hasta que viese de nuevo a Malena, hasta que por fin ocurriese algo. Abrió un botellín de agua y se bebió media botella. La cena le había dado una sed terrible.

—¿Qué haces aquí? —saludó Vázquez.

Santana se sobresaltó y se echó el agua por encima.

—Me has dado un susto de muerte. Nada de utilidad. Y tú, ¿de dónde vienes con esa sonrisilla?

—He estado en la fiesta de Malena. ¿Por qué no has ido?

—La he visto antes. —Soltó un resoplido—. Siento demasiadas cosas cuando la tengo cerca, y me descontrolo.

Vázquez se sentó y conectó el ordenador.

—¿Por qué no me dijiste que Malena dejaba el turno de oficio?

Vázquez levantó la vista.

—Te lo dije.

—Ya. Esta tarde. Quiero decir que podías habérmelo dicho antes, Miriam.

—Daba por hecho que lo sabías. Qué culpa tengo yo de que tú no tengas comunicación con tu ex. Como te lo tomas tan bien cuando te hablo de ella...

Era la segunda persona que le decía lo mismo en pocos días.

—Siento lo de esta mañana, Miriam.

—Yo también.

—¿Amigas?

Palmearon la mano.

—Solo amigas, Rebeca. Lo siento. —Puso morritos.

Santana sonrió. La expresión de Vázquez se transfiguró de repente.

—¿Qué pasa?

Su compañera tenía los ojos fijos en el ordenador. Giró la pantalla.

—¿La conoces?

La imagen capturaba la cara de una adolescente rubia. Santana no comprendía qué estaba sucediendo.

—Está cambiada. Antes no era rubia —titubeó—. Es Anaïs —dijo—, pero...

—La grabación es de hace veinte minutos. Vamos, Rebeca. —Se puso en pie a toda prisa.

—Pero... —Santana no salía de su estado de asombro—. ¿Qué grabación?

—Vámonos, coño. —Tiró de ella—. Te lo cuento por el camino.

El Lancia derrapó ferozmente por la calle Comtal. Santana obligó a Vázquez a conectar la sirena.

—Me cago en la puta, Rebeca, ¿tienes que vivir en pleno centro?, ¿a quién se le ocurre? ¡Apártate, mamón! —Hizo sonar el claxon dos veces—. Encima atropellaré a un niñato borracho y me expedientarán.

—Miriam, ¿qué pasa? No entiendo nada.

—Esa chica es la acosadora, la de la foto. Hice que pusieran cámaras en el portal de tu casa. La he visto con una de sus notitas de mierda. —Vázquez no supo cómo interpretar el silencio de su compañera—. ¿No dices nada?

—¿Cómo se te ha ocurrido hacer algo así? —No sabía si estaba enfadada por la imprudencia de Vázquez o conmovida por su preocupación.

—Pues porque tú no ibas a hacerlo, doña correcta, y a mí me la suda si es correcto o no. Llevo días viendo a todos los colgados que entran y salen del edificio, y que dicho sea de paso, son unos cuantos. ¿Qué clase de gentuza pulula por allí, niña?

—Me has espiado —dijo perpleja.

—Las cámaras están en el portal, Rebeca, no en tu dormitorio. No me pone espiarte, no te emociones. Tú no paras mucho por casa, ¿eh? Porque no te he visto el pelo. ¡Eh! —Sacó la cabeza por la ventanilla—. ¿Te crees que la sirena es de juguete, nene? Venga ya, con los besitos. Que es para hoy. La pachorra que tiene la gente, hay que joderse. —Se volvió hacia Santana, que la miraba alucinada—. ¿Y tú por qué me miras así?

—Porque eres la hostia, Marquesa.

Efectivamente, en el buzón de Santana había una nota: «Sufrirás lo mismo que sufrí yo, Rebeca». Una patrulla inspeccionó la zona, pero no había rastro de la acosadora.

—Voy a cursar una orden de búsqueda y captura contra esa tarada —rugió Vázquez—. ¿Nombre completo?

Santana hizo memoria.

—Anaïs Rueda. No recuerdo el segundo apellido. Creo que tengo en casa algún material de sus sesiones.

—¿Era paciente tuya?

—Sí.

—Subamos. Quiero cursar la orden cuanto antes. Coges un pijama, una muda y te vienes a dormir a casa. Y no me repliques, niña.

—No iba a replicarte. —La besó en la mejilla.

A media mañana del sábado, todavía no habían localizado a Anaïs. Vázquez insistía en que su compañera se quedara todo el fin de semana en su casa.

—Te lo agradezco mucho. Tengo que seguir haciendo vida normal. No puede ser que una chiquilla perturbada me tenga acojonada.

—¿Tuviste algo con ella?

—¿Tú por quién me tomas? —se indignó—. Era mi paciente. Jamás se me habría pasado por la cabeza, y además, es una cría. Por Dios.

—Vale, vale, yo qué sé. A lo mejor ella sí que sentía algo por ti.

—No, no van por ahí los tiros.

—Pues averigua por dónde van, Rebeca, porque te la tiene jurada.

Ya no estaba en el zulo. ¿O sí? La habitación parecía más grande. Estaba tumbada sobre algo blando y rojo. Lo rojo estaba mojado y pringaba. Se movió y un millón de astillas se clavaron en cada centímetro de su cuerpo. Veía solo por un ojo. El otro era un bulto doliente. Con el ojo válido se examinó la mano pringosa. Estaba tirada sobre una cama encharcada de sangre. El infierno era esto. Ahora lo sabía. La vejación, el dolor infinito, el asco, la sangre y la orina contaminando el aire, el terror, la certeza de una muerte segura. El cielo no existía. Su madre la había engañado. Los curas llevaban siglos engañando a la humanidad. El infierno está en la Tierra, y el cielo, en ninguna parte.

36 horas antes

Mucha Malena

Con el miedo en el cuerpo, Santana volvió a casa. Entró en el portal con la mano en la culata de la pistola y el corazón en un puño. Abrió el buzón. Solo encontró ofertas de «pizzas 2x1» y publicidad de una clínica dental. Se duchó sin prisas, comprobó el correo electrónico, se comió un yogur, tomó café, hizo una lavadora y habló con Aina durante casi una hora.

—¿Qué tal tu madre?

Procuraba no pensar en su madre con la cara machacada en la cama del hospital.

—Evoluciona favorablemente.

—Virginia está cabreada contigo. Te aviso porque creo que te llamará.

—Vale.

—Esto... Rebeca... estoy pensando en dejarla.

—Vaya novedad. Lo piensas diez veces diarias, y no es para menos.

Virginia y Aina eran un tema clásico y recurrente, como las olas de calor en verano y las alergias primaverales.

—Esta vez lo digo en serio.

Había un matiz nuevo en la voz de Aina, un dejo de determinación que Santana no le recordaba.

—¿Ha pasado algo, Aina?

—Que ya no aguanto más, Rebeca. Es como vivir en una tela de araña. Ella no cambiará, seguirá acostándose con otras mujeres. Sé que me quiere, pero no me basta que me quiera así. Ya no me basta.

—Me sabe muy mal, pero te comprendo, cariño.

A la una no sabía qué hacer. Estaba desesperada por ver a Malena. Faltaban doce horas. Ensayó las palabras cuidadosamente, anticipándose a sus posibles respuestas. Malena era un espadachín de las réplicas y los contraargumentos, ágil, aguda y letal. Harta de darle vueltas a la cabeza, salió a la calle, extremando las precauciones. Vázquez había ordenado que una patrulla circulara periódicamente por delante de su casa. Las calles presentaban la animación típica de un sábado al mediodía. El tiempo, por fin, acompañaba y los barceloneses invadían las terrazas y los parques borrachos de sol. Santana se unió a ellos. Eligió una plaza cercana a su casa en la que durante años un busto de Antonio Machín convivió con las palomas, los niños y los amigos de la litrona. El busto, por la razón que fuese, había pasado a mejor vida. Quizás contradecía los gustos musicales de algún concejal. Le gustaban los contrastes de la plaza: los *hippies* de clase media alta degustando sus cervezas de importación en las terrazas alineadas debajo de los arcos, a escasos metros de los yonquis, los candidatos al coma etílico y las madres con pañuelos anudados a la cabeza que conversaban en idiomas imposibles. Santana pidió una cerveza y una ración de bravas. Paladeó las patatas y la cerveza sin pensar demasiado, disfrutando del sol y la brisa. Merecía algún momento de paz, un sábado tranquilo. Echar la siesta, arreglarse para salir, cenar algo por ahí, bailar.

Vázquez recordó, casi a la hora del almuerzo, que no había llamado a la farmacia Garmendia. Tras pensarlo bien, consideró que sería más productivo personarse.

—Niña. —Llamó a Santana al móvil—. ¿Estás por tu zona? Habría que pasarse por la farmacia de la calle Aribau, a ver si algún dependiente reconoce la foto. A ti te queda más cerca y yo tengo que cruzar toda la ciudad.

—Oído cocina. Estoy ahí en cinco minutos y te cuento. ¿Se sabe algo de las cámaras de tráfico de la AP-7?

—Estoy repasando la lista de las Citroën Berlingo blancas. Conductores que tienen ochenta años, o que apenas hablan español, o que viajaban en familia, o que son mujeres; dos minusválidos... en fin, una ruina. ¿De la tarada hay algo?

—Miriam —la reprendió—, es una chica enferma. Un poquito de respeto.

—Tú es que de buena eres tonta, hija. Si encima te dará pena una chalada que te está jodiendo la vida.

—Pues sí. Me da pena.

—Hacemos una cosa, el nobel de la Paz que te lo den a ti. Yo prefiero pillarla pronto, antes de que le dé por rebanarte el pescuezo. Llámame con lo que sea, anda. —Colgó entre carcajadas.

El farmacéutico titular del establecimiento la recibió con cierta dosis de aprensión combinada con la más absoluta sorpresa.

—Nadie me ha comentado nada al respecto, subinspectora. ¿Cuándo dice que trajo su compañera esa fotografía?

—Ayer.

—Debía estar Merche. Lo lamento mucho, se le pasaría por alto. Con tanta gripe no damos abasto...

Le mostró la imagen impresa.

—Dígame si le resulta familiar, señor Garmendia.

—No se aprecia muy bien. —El hombre enfocó los ojos hasta bizquear—. Me parece que no. De todos modos, yo solo vengo alguna tarde a última hora y los sábados por la mañana. Si alguien lo ha visto, serán Merche, Adán o mi señora.

—Asegúrese de que su señora y el dependiente vean la fotografía, por favor. Le dejo mi tarjeta.

—Lo haré, por supuesto —aseguró servicial—, aunque mi mujer está fuera. Regresa mañana a primera hora. En cuanto vaya a recogerla al aeropuerto, se la mostraré.

De nuevo en la calle, con las manos en los bolsillos, no supo qué hacer. El tiempo le pesaba como un saco de ladrillos echado a la espalda. Volvió a casa y se tumbó en el sofá. Llamó a Marc y le dejó un mensaje en el contestador relativo a Anaïs Rueda. La temida llamada de Virginia llegó a media tarde. Aceptó verse con ella, en un lugar público y concurrido, por si acaso. Dada su situación de inestabilidad emocional, no estaba nada segura de resistirse a sus insinuaciones y no podía permitirse un traspié que pusiera en peligro su amistad con Aina. Ya tenía bastantes problemas. Virginia era la de siempre, atractiva y arrolladoramente segura de sí misma. Descartó de inmediato que Aina hubiese llevado a cabo su decisión matutina de finiquitar la relación.

—Estoy muy dolida contigo, Rebeca.

—¿Qué he hecho ahora?

—Será qué no has hecho.

—Aina te ha contado lo de mi madre.

—Por supuesto que me lo ha contado. ¿Cómo lo estás llevando?

—Bastante mal, me temo. Estoy bloqueada. No sé cuál es la reacción adecuada, ni sé qué debo sentir.

—Cuéntame. Te escucho.

—¿En calidad de psiquiatra?, ¿de amiga?, ¿de exnovia?

—En calidad de alguien que te quiere mucho y que se preocupa por ti, aunque seas una impresentable, bicho.

La conversación se prolongó durante un par de horas. Hasta ese momento, Santana no se dio cuenta de lo bien que le sentaba charlar con Virginia, reírse con ella, tenerla en su vida. A las siete se despidieron. Tenía previsto ocupar las horas siguientes en agenciarse algo de ropa para la noche. Con esa intención, callejeó por el centro, probándose tops y camisetas ajustadas. La llamada de Vázquez la sorprendió en el probador de una tienda en paños menores.

—Joder, Marquesita, qué oportuna. Me pillas en bolas.

—¿Estás acompañada?

—Me estoy probando ropa.

—¿Por dónde andas? A saber en qué clase de tugurios te compras la ropa.

—Estoy en el Portal de l'Àngel, en una tienda completamente normal. No venden capas para vampiros ni nada por el estilo.

—Vístete volando. Tenemos una orden de registro para el piso de Ferrándiz.

El domicilio de los hermanos Ferrándiz albergaba el típico mobiliario, impersonal y barato, de los pisos amueblados. Solo en las habitaciones se percibía la personalidad de sus habitantes. En la de Anabel, pintada de azul turquesa, un montón de peluches caros se desparramaban por la cama. El escritorio, bastante ordenado, acogía la carpeta de la universidad y varios libros de literatura. Más libros en las estanterías de un azul intenso y un cartel inmenso de una mítica discoteca ibicenca detrás de la puerta. Sobre la mesilla, cuatro fotografías suyas posando en biquini. En uno de los cajones de la mesilla encontraron su teléfono móvil, encendido, aunque quedaba poca batería. Tenía quince llamadas perdidas y ocho mensajes. Localizaron el cargador en el cajón de abajo y lo enchufaron a la corriente. La mayoría de llamadas eran de dos números que pertenecían a Laura Uni y Jenny Uni. En el armario no parecía faltar ropa. Una maleta de vivos colores acumulaba polvo en el estante superior.

El cuarto de su hermano estaba pintado en amarillo muy pálido, que quedaba prácticamente sepultado bajo una marabunta de fotos enmarcadas. Fotos en blanco y negro de boxeadores míticos y una cantidad impresionante de imágenes en color de Anabel en todos los contextos imaginables: Anabel en la playa, Anabel en primer plano, Anabel comiendo un helado, Anabel en el parque de atracciones.

—¿Ves lo mismo que yo veo? —Vázquez hizo un barrido con la vista por toda la habitación.

—Anabel es su prototipo de mujer.

—Estos hermanos tienen una relación muy extraña.

La vigilancia no dio ningún fruto. Ninguno de los dos hermanos hizo acto de presencia por el piso de la calle Princesa. Santana y Vázquez aprovecharon la ocasión para interrogar a algunos vecinos. La mayoría eran inmigrantes africanos. Algunos apenas hablaban español, y otros no querían líos con la Policía. Solo una adolescente de origen senegalés admitió conocerlos.

—No me gusta cómo me mira ese tío —apuntó, de pie en el rellano, con la mano en la cintura y un auricular en el oído—. Es un salido.

—¿Y ella? ¿Qué opinión le merece? —preguntó Vázquez, mirando el cable rosa que salía de su oreja izquierda.

—Se piensa que es una princesa —comentó con desdén.

Explicó que nunca recibían visitas, al menos que ella supiera, y que no se relacionaban con nadie.

—Hola y adiós y ya está. En las grandes ciudades la gente es así —dijo resignada.

Pasaron por la jefatura para dejar constancia de sus pesquisas en un informe esquematizado que el lunes desarrollarían, tomaron un bocado rápido en el italiano y se separaron.

Santana aterrizó en su estudio casi a la una, se duchó y se cambió a toda prisa. Camiseta negra muy entallada y con un buen escote, los vaqueros favoritos de Malena y, a falta de su chupa de la suerte que no tenía tiempo de buscar entre las cajas sin desembalar, optó por una cazadora de cuero roja. Se roció con una colonia fresca, se pintó los ojos y se dio un leve toque de color en los labios. Antes de salir, se estudió en el espejo. No estaba del todo mal. Procuró no pensar, mientras daba gas a la moto, que en menos de seis horas debía estar de nuevo en pie y despejada.

Cruzó el umbral de la majestuosa sala Vetro. La fiesta estaba en su pleno apogeo. Música *house* vibraba a todo volumen haciendo temblar la falda del Tibidabo. Lo primero que pensó tras cruzar el patio exterior y acceder al interior abarrotado de un millar de mujeres fue que no encontraría a Malena ni en un millón de años. Sin embargo, se equivocó de lleno. Junto a la barra, unas piernas de escándalo y una espalda perfecta apenas enmarcada en un exuberante vestido negro cortaban la respiración. «No puede ser ella. No puede ser», pero en su fuero interno sabía que era ella. Había recorrido esa espalda y esas piernas en infinidad de ocasiones. Tenía cincelado en la memoria cada milímetro y cada recoveco de su anatomía. Un cóctel de sensaciones se agitó en su interior: celos inoportunos como los parientes lejanos que se presentan de repente a la hora del almuerzo; deseo aguijoneante y lascivo que calaba la piel y la ropa; nostalgia que ahogaba con sus manos gigantescas, y por encima de todo, una descorazonadora sensación de fragilidad, de estar a un paso de romperse en mil pedazos. Malena se volvió, con la copa en la mano. El vestido visto por delante era aún más *sexy* y osado. Se ajustaba por debajo de las axilas, bordeando el pecho y abriendo en canal la pantorrilla y los corazones de las pobres chicas que la miraban hipnotizadas. Habría dado el pie izquierdo porque no le sorprendiera la expresión de bobalicona, pero no anduvo lo suficientemente hábil. Malena sorbió la bebida con una media sonrisa, movió la cabeza a modo de saludo despreocupado y se perdió entre la marabunta de mujeres. La localizó de nuevo tres temas más tarde. Comentaba la jugada por lo bajo con sus amigas y reía a carcajadas. Santana se acercó y le tocó el hombro.

—¿Podemos hablar?

—¿Ahora? —Arrancó a bailar—. Me encanta esta canción. Búscame dentro de un rato —gritó la abogada, arrastrando a su amiga a la pista.

Santana oteó el panorama. Como siempre, muy buen nivel. Se entretuvo en contemplar a las espectaculares *gogós* y pidió un refresco de cola. Se caía de sueño. Le pareció ver a Vicky dos veces, pero ninguna de las dos era ella. Repartió besos y saludos a discreción. La canción se acabó y su aguante también. Se abrió paso hasta ella. Malena bailaba sitiada por una corte de admiradoras que iba creciendo por momentos. Le hizo una seña a la que la abogada correspondió con un gesto que significaba «después». Pasada más de media hora se apiadó de ella, o quizás le urgía un descanso, y tuvo a bien concederle audiencia. Subieron al piso superior. La música llegaba amortiguada y se podía hablar sin perder la voz en el intento. Santana propuso tomar asiento junto a los ventanales.

—Estoy bien así. —Malena movió los pies al ritmo de la música—. Abrevia, esta DJ es la caña y me estoy perdiendo la sesión. Sé original, por lo menos. No sé a qué viene tanta prisa. Si no me falla la memoria, diría que hasta ayer por la tarde llevábamos cuatro meses sin hablar, diría que la última vez que intenté hablar contigo me colgaste el teléfono. ¿O me confundo?

En aquel momento se arrepintió de no haber entrado a trapo la tarde anterior en el despacho de Malena. El estado de ánimo de la abogada era mucho más propicio y tenía toda su atención. Allí, en cambio, abundaban las distracciones y su ego se había disparado en las últimas horas.

—No puedo más —dijo en un susurro.

—¿Perdona? —Malena alzó las cejas en un gesto muy suyo—. ¿No puedes más de qué?

El corazón se le salía por la boca. No sabía cómo condensar en unas pocas frases todo lo que sentía. Las palabras ensayadas no alcanzaban, se quedaban más que cortas, lisiadas.

—Me estoy volviendo loca, ¿sabes? Es insoportable. No... no... no estar contigo me está matando.

Malena dibujó una sonrisa irónica.

—Rebeca, no me vengas con dramas de culebrón, ¿quieres? Yo te veo vivita y coleando y no creo que vayas a morirte por no estar conmigo. Te repondrás. Dijiste que no querías estar con alguien como yo. Lo dejaste muy clarito. ¿Te has puesto nostálgica de repente? Es increíble. No sé cómo te atreves a venir a lloriquearme después de todo este tiempo. ¿Cómo tienes el santo morro, Rebeca?

—Escúchame un segundo.

—¿Por qué debería escucharte? —Sus ojos negros llamearon furiosos—. ¿Acaso me escuchaste tú cuando te supliqué que no te marcharas? ¿Me escuchaste cuando te pedí perdón un millón de veces?

La cosa marchaba rematadamente mal. Sus palabras, era cierto, sonaban a refritos de canciones mil veces escuchadas, a poemas de medio pelo, a diálogo de culebrón barato. Se acercó un poco más. Quizás la proximidad consiguiese lo que no lograba su verborrea desgastada.

—Fui una imbécil y me comporté de un modo inmaduro. Es verdad lo que dijiste ayer, tú supiste separar el trabajo de nuestra vida privada y yo no supe hacerlo.

—Bravo —aplaudió—. ¿Has tardado cuatro meses en llegar a esa conclusión? ¿Y has llegado solita, Rebeca? Felicidades.

—Lo supe desde el primer momento. Cuando me fui de tu casa... sabía... sabía... que me estaba equivocando, en el fondo lo sabía.

—Ah, pues te ha costado un poco reaccionar.

—La situación me superó. Me machacaste en ese maldito juicio y me pudo el orgullo, pero quiero que sepas que... que... no he dejado de amarte ni un solo segundo. —Alargó los dedos y rozó muy levemente el contorno de su cara.

Bajo ningún concepto permitiría que intuyese la brecha que empezaba a escarchar su estabilidad. Mantendría la compostura a toda costa. El tacto de sus dedos la había estremecido de la cabeza a los pies. Bebió un trago de Absolut con piña y parpadeó dos o tres veces.

—No me digas.

—Sí te digo. Ni siquiera cuando estaba más furiosa y dolida podía dejar de amarte. Estar contigo es, de largo, lo más hermoso que me ha pasado en la vida.

—Muy bonito. ¿Y qué se supone que tengo que hacer?, ¿caer rendida en tus brazos?

—Eso estaría muy bien. —Santana sonrió—. Por favor, Malena. —La tomó de la muñeca—. Déjame que te recompense por todo esto.

—¿Cómo vas a recompensarme? —Se soltó bruscamente—. Por simple curiosidad, ¿vas a devolverme estos cuatro meses?, ¿me devolverás las noches en blanco?, ¿las lágrimas? ¿Cómo vas a recompensarme, Rebeca? —Respiró agitada—. Me encantaría saberlo.

Por fin, un clavo ardiendo al que agarrarse aunque le abrasara los dedos en carne viva.

—Sabes que podemos ser muy felices juntas, mi amor.

Malena guardó silencio. Lo sabía. Por supuesto. Sabía que Rebeca podía hacerla la mujer más feliz de la Tierra. Y ahora también sabía que podía bajarla al infierno cuando le diese la gana. Superado el bache que estuvo a punto de hacerle perder la serenidad, la miró con una displicencia insufrible.

—En resumen, que me quieres mucho y que estás muy arrepentida. OK. Lo he pillado. Me voy a bailar. Disfruta de la fiesta, nena.

—¿Y ya está? ¿No vas a decirme nada más?

Malena la miró exasperada.

—¿Qué más quieres que te diga, Rebeca?

—Por ejemplo, que me extrañas tanto como yo a ti.

—A buena hora te importa lo que siento.

Echó a andar hacia la escalera, balanceando el vaso al mismo ritmo que las caderas.

—Eh, letrada, bonito vestido. —Malena se giró despacio, armando una sonrisa tremenda como un guantazo—. ¿Te he dicho que estás espectacular?

—No, no me lo has dicho. Pero otras sí. Unas cuantas.

No estaba muy segura de si habían empatado o le había endosado una goleada histórica, de lo que no cabía duda era de que tendría que echar mano de todos sus recursos y desempolvar el repertorio de sus encantos más celebrados si pretendía recuperarla. Bajó a la pista con el ánimo por los suelos. Vicky, esta vez sí era ella, movía el esqueleto junto a una de las barras lanzando señales a una morena bien parecida que la ignoraba olímpicamente.

—¿Qué tal la noche, figura? ¿Has pillado?

Vicky soltó un bufido y levantó el vaso medio vacío.

—Una intoxicación de ginebra es lo que voy a pillar.

—Malena está por aquí —gritó Santana al oído de su amiga—. ¿La has visto?

—La he visto —confirmó Vicky—. ¡Como para no verla! Está guapísima de morirse.

—Sí, ya, ya. Casi me da un infarto —suspiró—. He hablado con ella. Ya te contaré.

—Rebeca —dijo pesarosa—. Me parece que tendrás que hacer algo más que hablar con ella. —Santana siguió la dirección de su mirada—. Como no espabiles pronto, te la van a levantar, reina.

Lo que vio la dejó tocada y hundida. Para el arrastre. *Caput*. Malena, subida al pódium de las bellezas

bolleras, rivalizaba con la *gogó*, o más bien confra-
ternizaba con ella, teniendo en cuenta la sincroni-
zación de sus contoneos y las sonrisas cada vez más
húmedas que se lanzaban la una a la otra. A sus pies,
las chicas las jaleaban como una jauría de lobas hambrientas.

SEGUNDA PARTE

La sexta víctima

El cielo en ninguna parte

A las siete menos cinco minutos de la mañana, los operadores del 112 derivaron a la jefatura la llamada de un testigo que aseguraba haber presenciado un secuestro. Siempre según su versión de los hechos, un hombre había golpeado violentamente a una mujer y la había metido a empujones dentro de una furgoneta blanca. Crespo y Vázquez acudieron a la escena del presunto secuestro.

—¿Y Santana?

Vázquez encendió el primer cigarrillo del día y dio una calada profunda.

—No la he llamado.

—¿Por qué? —El inspector la miró con extrañeza.

—He revisado la documentación del coche de la víctima —suspiró La Marquesa.

—¿Qué ocurre? ¿Quién es?

Vázquez tomó fuerzas e informó a su superior. Crespo se pasó las manos por la calva.

—Lo que nos faltaba. ¿Qué hay del testigo?

—Ya le he sacado todo el jugo. La furgoneta coincide con la de Ferrándiz.

—Ve a buscar a Santana a su casa. Es mejor que no conduzca. Espero que no se desmorone. La necesitamos. ¡Vázquez! —La subinspectora se frenó en seco—. Díselo con delicadeza, por el amor de Dios. Va a ser un impacto terrible para ella. Os espero en jefatura.

En comisaría, la actividad era frenética a pesar de la hora intempestiva. Todos estaban al corriente de que la víctima número seis no era una más para Santana. Pinzón le hizo una seña para que acudiese a su despacho. Yolanda Barrios formaba parte del comité de bienvenida.

—¿Cómo se encuentra, Santana? —se interesó el comisario.

—Conmocionada, jefe, y deseando ponerme a trabajar.

—¿Está en condiciones?

—Por descontado.

—Ahora, esto es un asunto personal para usted —terció la inspectora jefe—, ¿sabrá hacerle frente?

—Se lo garantizo, jefa. Por favor, no me digan que me quede de brazos cruzados, me subiría por las paredes. Puedo ser útil ahí fuera.

—Crespo dice que responde por usted —la tranquilizó el comisario—. Ha sido una suerte que el testigo presencial haya alertado rápidamente de lo ocurrido. Eso nos da una ventaja muy valiosa. No cuenta con que la estemos buscando. Nos quedan casi quince horas, más o menos, si sigue la misma pauta que con las otras mujeres. Tenemos tiempo. Lamento mucho que pase por esto, Santana. Cojan a ese malnacido.

Crespo la rodeó por el hombro y la llevó a la mesa.

—No ha habido ningún movimiento en el domicilio de Ferrándiz. Ni él ni su hermana han aparecido en toda la noche. El móvil está desconectado. Si lo enciende, podremos localizarlo.

—¿Y si no lo enciende? Incluso puede haber cambiado de número. La matará y, antes, la violará y la torturará. No podemos quedarnos de brazos cruzados —objetó Santana, intentando por todos los medios no perder la calma.

—Hay una orden de búsqueda y captura. Su foto y su nombre están en todos los noticiarios y hay una alerta para su furgoneta. No tiene mucho margen de movimiento —expuso Llorens.

—No es suficiente. Tenemos que localizar su refugio o lo que sea. —Santana desplegó el mapa—. Silvana apareció aquí. —Señaló el punto—. Cerca de Cardedeu, sigue en la misma línea recta. La AP-7. Si calculamos la distancia entre los tres lugares en los que arrojó los cadáveres, debería darnos aproximadamente un epicentro. Sería por aquí. El Montseny y los aledaños del parque natural.

—Sí, pero no podemos buscar a lo loco —replicó Crespo, paciente—. Eso sería un desperdicio de recursos y tiempo. La zona que propones es muy extensa y boscosa, con parajes de difícil acceso. Necesitaríamos la colaboración de los guardabosques, la unidad de guías caninos y la Policía Local de más de un municipio. Habría que coordinar a muchas personas de diferentes cuerpos. Tenemos que estar seguros de lo que hacemos, Rebeca.

—Un momento, por favor. —La voz de Yolanda

Barrios se alzó por encima del barullo general—. El farmacéutico acaba de llamar. Ha ido a recoger a su mujer al aeropuerto y le ha enseñado la foto, tal como le prometió a Santana que haría. La mujer lo ha reconocido al instante. Conoce a Ferrándiz y a la anciana a la que cuida. Tenemos la dirección de la señora. Se llama Margarita Bellmunt. La dirección es Enric Granados, 59. Cerca de la delegación de Hacienda. Crespo y Vázquez, hablen con la mujer, aprisa.

En un edificio antiguo y regio del Eixample Dret, Crespo y Vázquez subieron los tres pisos a pie, el inspector con notable ligereza y la subinspectora lamentando el día que se dio de baja del gimnasio. Crespo se retocó el nudo de la corbata y llamó. La puerta se entreabrió. Una mata de pelo blanco y unos ojos claros y suspicaces los escrutaron por entre la cadena dorada.

—¿Margarita Bellmunt, por favor?

—¿Quién es?

—Policía Nacional. ¿Puede abrirnos, señora?

—¿Son policías?

—Sí, señora —respondió Crespo con sus mejores modales, sosteniendo la placa para que la mujer la estudiase a fondo desde detrás de la puerta.

Descorrió la cadena y una intensa pestilencia a pis de gato dio la bienvenida a los policías. Vázquez, ansiosa por acortar la visita, se puso al frente.

—¿Vive sola, señora?

—Con mi hijo.

—¿Está en casa en este momento?

—Está por ahí, con su novia. Volverá a la hora de cenar. ¿Qué es lo que quieren?

—¿Cómo se llama su hijo, por favor?

—Matías Solana. ¿Qué es lo que pasa?

Crespo anotó el nombre y volvió a tomar el timón.

—No se apure, señora. No pasa nada. Queríamos hablar con su cuidador, José Luis Ferrándiz.

—A ver, entonces, ¿por quién me preguntan, por Jose o por Matías? Aclárense y díganme lo que pasa de una vez, leñe.

—Preguntamos por José Luis —aclaró Crespo—, necesitamos hablar con él, señora Bellmunt. Es urgente.

—Vayan a su casa, vive por Via Laietana, creo.

—En su casa no hay nadie. Y tiene el teléfono apagado.

—¿Y qué quiere que haga yo? Estará con alguna chica. Es joven, déjenlo que disfrute.

Vázquez apretó los puños, incapaz de controlarse un segundo más. Crespo advirtió el nerviosismo de su compañera y se adelantó para evitar males mayores.

—¿Sabe usted si Jose tiene algún sitio al que lleve... a las chicas? Ya me entiende, una casita en el campo o algo así donde pase los fines de semana.

—Cuando quiere coge las llaves de la cabaña y se va a cazar por allí. A mi Matías no le importa, él no es de caza. Su padre y su abuelo sí que eran cazadores, pero a mi Matías no le dice nada. Se aburre en el campo. Jose sí que es aficionado de los buenos.

—¿Las ha cogido este fin de semana?

La anciana miró hacia un cuenco de madera que reposaba sobre el mueble de la entrada. Estaba vacío.

—Sí, ahí no están. Se las habrá llevado.

—Esa cabaña... —Vázquez procuró no atropellarse al hablar—, ¿por dónde cae?

—Está por Viladrau, a las afueras, en el bosque. Hay una fuente muy famosa cerca, ahora no me acuerdo del nombre. Bueno, aquello está lleno de fuentes, claro. Por lo del agua mineral, ya me entienden. Yo no voy por allí desde que murió Paquirri, por lo menos. Me están entreteniendo. Mi cuñada estará a punto de venir a buscarme para la misa y miren cómo estoy por su culpa.

—Solo una cosa más, señora Bellmunt —pidió Crespo—. ¿Podría facilitarnos el móvil de su hijo? Quizás él pueda decirnos con más exactitud la ubicación de la cabaña, ¿comprende?

—Piden mucho, joven, y cuentan muy poco. Mire ahí, en la agenda. Busque en la M, pero ya le aviso que cuando se va por ahí, lo apaga y no suele encenderlo hasta la noche. Está tranquilo porque sabe que paso el día en casa de mi cuñada.

Crespo hojeó la agenda, aprovechó para cerciorarse de que el número de Ferrándiz facilitado por el dibujante de cómics era correcto y anotó el teléfono de Matías Solana rápidamente.

—Muchas gracias, señora. Disculpe las molestias. Que pase un buen día.

Informaron a Yolanda Barrios y probaron suerte con el móvil de Matías Solana. Como era de esperar un domingo antes de las nueve de la mañana, lo tenía desconectado y además sin opción de dejar mensajes. Barrios coordinó la búsqueda con la ayuda de guardabosques, la unidad de guías caninos y policías locales. A las nueve y media partieron rumbo hacia Viladrau.

No llovía, pero lo había hecho con fuerza durante buena parte de la madrugada. El bosque despedía un penetrante aroma a tierra mojada y a hojas frescas. El paisaje era espléndido. Santana barrió el horizonte con la mirada. Estaba allí, en algún lugar del bosque, aterrorizada, a merced del violador. Si no la encontraban con vida, jamás se lo perdonaría.

—¿Qué pasa con los helicópteros? —bramó, levantando la cabeza hacia el cielo—. Aparte de meter mucho ruido, ¿sirven para algo?

—La zona es muy frondosa, Santana —apuntó Llorens.

El tiempo había cogido carrerilla, y corría, corría que se las pelaba. La mañana se esfumó sin que nadie supiera adónde había ido. El teléfono de Matías Solana continuaba apagado y el del sospechoso también. Los perros, fatigados, reclamaban un descanso. Los helicópteros repostaron y volvieron a romper la calma del bosque. Los guardas forestales y los policías locales se relevaron. El cansancio y el desánimo empezaban a hacer mella en los grupos de búsqueda. Santana, sentada en el interior de un coche patrulla, hablaba por radio con Yolanda Barrios mientras repasaba la declaración del testigo ocular.

—Dentro de tres horas oscurecerá. Se nos está agotando el tiempo y esto es inmenso. ¿Cómo diablos la vamos a encontrar?

—Hay que seguir, Rebeca. En tres horas pueden ocurrir muchas cosas.

—En tres horas puede estar muerta.

—No pienses eso. Quítatelo de la cabeza.

—No puedo pensar en otra cosa.

El relevo en los guardabosques y policías locales trajo savia nueva, ánimos renovados, agentes dispuestos a rastrear cada hectárea de bosque. El viento racheaba furioso.

—Solo faltaría que lloviera —rezongó Vázquez, aterida de frío.

—No lloverá —predijo uno de los guardas—, hace demasiado viento.

La noche empezaba a deslizarse sigilosamente sobre el bosque. Una cabaña de madera de dimensiones medianas era prácticamente imperceptible entre la espesura de la arboleda. Los helicópteros se retiraron al hangar. El vendaval los zarandeaba peligrosamente y la oscuridad creciente entorpecía la visibilidad. La unidad canina se retiró. La cuenta atrás para salvar la vida de la víctima número seis entraba en su fase decisiva.

Santana, en la misma postura que dos horas antes, ya no hablaba con nadie ni repasaba declaraciones ni ojeaba mapas con los guardas. Se abrazaba al volante, llorando. Acababa de tomar una determinación. Si no lograban salvarla, dejaría el Cuerpo. Volvería a la psicología, o montaría un bar de copas, o viajaría a lomos de la Harley por toda Europa y haría noche en albergues piojosos, o se metería en una secta satánica. Daba igual. La parte mala del negocio. No podía aceptarlo. Era demasiado para ella.

—¡Rebeca! —era Vázquez.

Se secó las lágrimas y bajó el cristal de la ventanilla. Su compañera corría hacia el coche sin resuello, empuñando una potente linterna que la deslumbró.

—¡Han encontrado una cabaña a nueve kilómetros! —Se dobló sobre sí misma, intentando recobrar el aliento—. No saben si es la de los Solana, pero podría serlo. Está muy escondida. Prácticamente es imposible verla desde el aire. Tenemos que darnos prisa. Ya casi no se ve nada.

Volvieron a la pista forestal. La noche llevaba prisa. Les pisaba los talones. Derraparon por un camino de carros. De nuevo, el bosque los devoraba. Santana echaba de menos la ciudad, la gente, los ruidos. Detestaba aquella calma inquietante. Tardaron un cuarto de hora en recorrer menos de tres kilómetros. El camino era impracticable. El coche que encabezaba la comitiva, con Crespo y uno de los guardas de mayor graduación, se detuvo, apagó el motor y las luces. Los demás hicieron lo mismo. Las radios crepitaron. Las órdenes corrieron de coche en coche. Vázquez se levantó del asiento.

—No veo nada. ¿Dónde está la cabaña?

—No lo sé. Yo tampoco la veo. —Santana buscó un ángulo adecuado—. Allí. Ya la veo. Hostia, es verdad. Es casi imposible verla. La tapan los árboles. —Señaló un punto—. ¿La ves? Se intuyen la silueta y el techo.

—Sí. Tiene que ser esa. ¿Ves alguna luz?

—No. ¿A qué esperamos?, ¡coño! Necesito saber si está ahí dentro.

Vázquez oprimió su mano cariñosamente.

—Crespo sabe lo que hace. Están llegando los geo. Es el protocolo. Tranquila, Rebeca.

La radio crepitó nuevamente. Las subinspectoras escucharon atentamente las instrucciones. Llegaba la hora de la verdad.

Aquella mañana pintaba una más, lluviosa y molesta. Nada hacía presagiar que acabaría encerrada en un zulo maloliente. A primera hora se regodeó en la ducha. El agua caliente la revitalizaba. Tocaba guardia, una pesadilla por partida doble. El simple hecho de trabajar en domingo, doce horas seguidas, ya era un suplicio. Si se le añadía la inquietante probabilidad de que Virginia aprovechase la ocasión para echar una de sus habituales canitas al aire, la pesadilla cobraba dimensiones demoníacas. No dejaría de hacerlo, la infidelidad formaba parte de su forma de ser y entender las relaciones, y Aina no podía luchar contra eso, era como golpearse la cabeza contra un frontón, un ejercicio doloroso, absurdo y agotador. Pero tampoco podía dejar de amarla. Ahora, su decisión de dejarla, presuntamente tan valiente, parecía completamente desatinada. Qué más daba que le fuese infiel o no, solo quería salir de allí y volver a verla. Detuvo el pensamiento en el momento justo de salir de casa, cuando miró por encima del hombro y la vio, desnuda y hermosa, en el salón, sonriendo. Si tenía que morir en aquel zulo pestilente, ella sería lo último que recordaría. Tendría un pensamiento para su madre, claro, pero el final, el final de los finales, sería para Virginia.

Salió de casa disparada. Condujo deprisa, con cierta imprudencia que no casaba con su temperamento. Giró a toda velocidad la esquina de la calle Còrsega. Maldita lluvia. No se veía nada. Los limpiaparabrisas no daban abasto. Tendría que haber aceptado la oferta de Virginia. Conducía mucho mejor que ella.

Se saltó un semáforo en ámbar y entró en el aparcamiento del hospital dos minutos antes de las siete. Apagó el contacto, cogió la gabardina y el bolso y abrió la puerta. Inexplicablemente, una fuerza indefinida la hizo rebotar hacia atrás, como a un muñeco de muelles. Al principio no entendió qué estaba sucediendo y lo achacó a un golpe de viento, pero al intentar ponerse en pie un golpe brutal la desmadejó sobre el asiento del conductor. Estaba segura de que le habían roto la nariz y no había sido obra del viento. De entre la opaca cortina de lluvia emergió el rostro de un hombre al que apenas pudo distinguir.

Asaltaron la cabaña veinte minutos antes de que anocheciera. La empresa no ofreció la menor dificultad. No había ningún coche en las cercanías ni nadie a la vista. La construcción constaba de una estancia principal que hacía las veces de comedor, una cocina pequeña, un baño y un dormitorio. Ferrándiz no estaba por ninguna parte. Aina tampoco.

Santana se pasó las manos por la cabeza, fuera de sí.

—¿Dónde está? ¿Dónde está?

En la estancia contigua, uno de los geo taconeó en el suelo de madera.

—Eh, aquí, en el suelo.

Corrieron hacia él. Lo encontraron completamente estirado en el suelo, palpando las maderas.

—Tiene que haber una trampilla o una escalera de mano. Estoy seguro.

La madera cedió bajo su mano y se desplegó una escalera.

—Cuidado —advirtió Crespo—, no sabemos quién puede estar ahí abajo.

Bajaron dos geos y Crespo. Encontraron el interruptor de la luz e iniciaron el descenso en un silencio espeso.

—¡Pasillo despejado! —gritó uno de los geo.

—Que baje Vázquez —ordenó Crespo.

Santana miró a su compañera con ojos suplicantes.

—Espera aquí, Rebeca.

En el pasillo había dos puertas. Se dividieron. Los geos derribaron la primera puerta sin esfuerzo. La madera cedió con un quejido estruendoso. Dentro apestaba. Vázquez enfocó la linterna y paseó el haz de luz por la estancia. La habitación era minúscula, sin ventanas y con las paredes acolchadas. Varios charcos de orina mojaban el suelo.

—Despejado —confirmó, tapándose la nariz.

La puerta contigua no se abría. Los agentes de los distintos cuerpos se multiplicaron en el pasillo. Ni balazos ni golpes de ningún tipo lograban derribarla.

—Es una puerta blindada —informó el jefe de la Policía Local, mesándose las canas—, necesitaremos un soplete.

—Podemos volarla —sugirió un geo—. Una explosión controlada sería lo más efectivo.

Crespo negó con la cabeza.

—Me inclino por el soplete. No sabemos si la víctima está ahí dentro ni en qué condiciones. Por no hablar de la destrucción de pruebas.

Dos policías locales salieron a la carrera. Quince minutos más tarde regresaron con un soplete y unas gafas protectoras. Santana nunca supo de dónde lo habían sacado, pero aquel día, en la cabaña del bosque, su consideración por los agentes locales ganó muchos enteros.

De pequeña, su madre le decía que las niñas buenas van al cielo, y que ella, buena entre las mejores, tenía asiento en platea. Eso fue mucho antes de que dejase a su novio del instituto por Virginia. Seguramente, su asiento reservado había cambiado de dueño. Quien se va a Sevilla, pierde su silla. Si las niñas buenas van al cielo, las malas van al infierno. Bueno, en el infierno ya estaba. Cualquier otro lugar comparado con aquello sería un parque temático. Pensó en fresas. Qué estupidez. Fresas y Virginia y una tarde de junio.

Fue una tarea ardua hacer un boquete en la puerta, requirió del esfuerzo y el sudor de varios agentes, pero finalmente el blindaje cedió. Santana se abalanzó sobre la puerta. Llorens y Vázquez la sujetaron por las axilas.

—¡Por favor, Crespo, déjame entrar! —gritó fuera de sí.

El haz de la linterna de Crespo se paseó por la cámara de tortura y recayó en una mancha roja, extensa y desigual. Sobre ella, Aina colgaba boca abajo, desnuda y torturada del modo más salvaje.

—¡Dios santo! —vociferó Crespo—. ¡Avisad a una ambulancia! ¡Deprisaaaaa!

Santana se deshizo de sus compañeros y entró en tromba.

Lo que vio en aquella cámara blindada se grabaría a fuego en su retina para siempre. Aina estaba irreconocible. Las suaves facciones de su amiga eran un *collage* de golpes amoratados y sanguinolentos. La sangre descendía desde las nalgas hasta los tobillos.

—¡No, no, no! ¡No, por favor! ¡Noooooo! —Cayó de rodillas sobre el suelo mojado, sollozando enloquecida, zarandeándola—. ¡Aina, despierta, despierta, por favor, por favor, Aina, por favooooor!

La desaparición de Anabel

José Luis Ferrándiz fue detenido una hora más tarde. Lo localizaron cuando encendió el teléfono móvil, en las cercanías de un área de servicio. Trataba de escabullirse por una carretera comarcal. Opuso una resistencia feroz. Peleó a mordiscos y puñetazos haciendo gala de una fuerza y una ira descomunales. Los cuatro agentes que unieron sus esfuerzos para reducirlo se llevaron a casa algún recuerdo de Ferrándiz en la cara y las extremidades.

A la vuelta de Viladrau, Matías Solana, el hijo de Margarita Bellmunt, aguardaba en comisaría. Vázquez se excusó ante él, devolvió en el baño, se lavó y regresó arrastrando una palidez mortal.

—Estoy anonadado —empezó Solana—. ¿Jose ha hecho eso que dicen en la tele? ¿Ha matado y violado a esas mujeres? Lo acabo de ver en las noticias. Es que me cuesta creerlo, Dios santo.

Vestía impecablemente, un traje gris oscuro con unas finísimas rayas, camisa azul cielo, corbata negra y mocasines tan lustrados que podían hacer las veces de espejo.

—¿Hace mucho que lo conoce?

—De toda la vida, aunque durante muchos años perdimos el contacto. ¡Dios mío, y pensar que usaba la cabaña de mi abuelo para...! —se estremeció.

—¿Cuándo estuvo en la cabaña por última vez?

Resopló.

—Fui con Jose hace unos meses y ya no he vuelto más. La caza no me gusta, ¿sabe? No me va el campo y aquello es muy solitario. A mí no se me ha perdido nada por allí. Ni siquiera hay cobertura y la tele se ve mal. —Vázquez lo examinó. Vestía como un dandi. Desde luego, no tenía pinta de cazador—. Le dimos permiso para que cogiera las llaves a su antojo y me despreocupé. Al menos, así no estaba cerrada. Las casas cerradas se echan a perder. Dios mío... —Se pasó la mano por la cara—. Quién se lo iba a imaginar...

Solana era excesivamente delicado para el gusto de Vázquez, aficionada a los hombres más varoniles, pero no podía negar que poseía cierto atractivo. Quizás fuese debido a la claridad de sus ojos azules, tirando a turquesa, y a las facciones suaves, casi adolescentes.

—¿Sabe que hay dos habitaciones insonorizadas en la parte inferior de la cabaña y que una de ellas tiene una puerta blindada?

—Sí. Mi abuelo estaba obsesionado con la guerra. Decía que era un refugio antiaéreo. Estaba un poco chalado. —Se tocó la cabeza con el dedo—. Nunca me gustó mucho mi abuelo ni la maldita cabaña. Haré que la derriben en cuanto todo esto pase. —Pareció aliviado ante la idea.

—¿Dónde ha estado durante el día de hoy? Ha sido imposible localizarlo.

—He pasado el día con Paqui. Es una amiga —titubeó—, bueno, amiga especial. Suelo desconectar el móvil los domingos. Mi madre es un poco pesada, ya me entiende. De lo contrario, me telefonea cada cinco minutos y no me deja en paz. ¿Necesita el número de Paqui? —Consultó la agenda del móvil y anotó el teléfono y la dirección en una hoja.

—Bien, por ahora es todo. Seguramente necesitaremos hablar con usted más adelante.

En un pasillo del Clínico, Santana y Virginia lloraban en sillas vecinas, tomadas de la mano. Aina estaba en coma. El pronóstico era reservado. Había sufrido daños muy severos. Vicky, algo más alejada, se movía sin parar, pasillo arriba, pasillo abajo. Santana se apartó un poco y habló por teléfono con su compañera.

—¿Cómo está Aina? —preguntó Vázquez con un tono más dócil de lo habitual.

—Muy jodida. No saben si saldrá de esta.

—¿Y tú?

—Me han dado un chute de tranquilizante y estoy medio grogui. No me tengo en pie. ¿Cómo va todo por ahí?

—Según lo previsto. He hablado con Ramírez. La Científica se va a dar un festín con las muestras que han procesado en esa puta cabaña. Hay para dar y vender.

—Que se den prisa con el ADN de Ferrándiz.

—No te preocupes. Lo tenemos pillado por los huevos.

—Más vale. Si ese tío sale en libertad, no respondo de mis actos.

Colgó y volvió a la silla en la que llevaba horas clavada. Vicky había hecho un alto en sus paseos compulsivos y estaba sentada a la izquierda de Santana, con la cabeza entre las manos. De pie, al lado de la máquina del café, la madre de Aina mantenía la distancia con la novia y las amigas de su hija. Virginia lloraba de nuevo.

—Debí traerla al hospital. Se lo dije, pero no me dejó. Aina odia conducir con lluvia. Tenía que haber insistido. Si la hubiese acompañado... —La frase quedó colgando en el aire denso del pasillo.

—No es culpa tuya —susurró Santana, rodeando la cabeza de Virginia con los brazos—. No es culpa tuya, cariño. Ni lo pienses.

Unos pasos resonaron en el silencio angustioso. Vicky tocó el brazo de Santana. La subinspectora la miró sin comprender. Su amiga señaló con el mentón hacia el pasillo. Santana levantó la cabeza. Por un momento creyó estar sufriendo una alucinación. Se frotó los ojos enérgicamente. No era una visión. Malena caminaba por el pasillo con paso resuelto. Llevaba unos vaqueros claros y ajustados por dentro de unas botas altas, una camisa negra arrapada al cuerpo y un abrigo militar de color gris. Santana recordaría siempre su indumentaria de aquella noche, su mirada, cuando se frenó a tres metros de ella, el aire cálido y reconfortante que le trajo su sola presencia. Se puso en pie. Malena no se movió. Santana caminó hacia ella. El pasillo, como en los sueños, no tenía fin. Por mucho que caminase, nunca llegaba a alcanzarla. Comprendió que iba a desvanecerse de un momento a otro. Malena también lo comprendió, sin dejar de mirarla con aquella fijeza que la traspasaba, aceleró y la recogió justo antes de que se le doblasen las rodillas.

—No me sueltes —rogó entre lágrimas, amarrada a los brazos de Malena—. No me sueltes, por favor.

No la soltó. El abrazo se prolongó más allá de lo razonable. No podían separarse ni podían controlar el llanto. Los médicos y las enfermeras las miraban por el rabillo del ojo. Nadie se atrevió a decir palabra. Si existe un lugar en el que abrazarse y llorar, cabe dentro de lo normal, es un hospital. Parecía mentira que solo veinte horas antes la hubiera despachado con la arrogancia de una diosa. Parecía mentira, de hecho, que existieran las fiestas, las risas, los escotes y la cerveza.

Pasados varios minutos, Malena procuró acompasar la respiración y aportar un poco de serenidad.

—Será mejor que despejemos el pasillo —murmuró, todavía rodeándola.

—Quédate conmigo —suplicó Santana con voz rota.

La abogada se apartó un poco para que sus caras quedasen de frente. Le acarició las mejillas bañadas en sal.

—¿No pensarías que iba a dejarte sola, preciosa?

Virginia presenciaba la escena sin verla. Era incapaz de procesar ningún tipo de información. La única idea que llegaba a su cerebro era que Aina se debatía entre la vida y la muerte. Lo demás era superfluo y completamente intrascendente.

Malena se acercó a la psiquiatra, secándose las lágrimas. Desde los comienzos, habían mantenido una relación más bien distante y algo forzada, similar en parte a las que Virginia había sostenido con todas y cada una de las parejas de Santana, con la diferencia de que Malena no se sentía intimidada ni amenazada por Virginia; al contrario, había conseguido sin ningún esfuerzo que el influjo de la psiquiatra sobre Santana disminuyese considerablemente. Su relación pasó a un segundo nivel en aquel pasillo del Clínico, cuando la abogada la abrazó sin reservas ni dobleces.

—Aina se pondrá bien. Ya lo verás. Es una luchadora.

La psiquiatra agradeció el abrazo y la estrechó con fuerza sin dejar de llorar.

—Cuida a Rebeca —dijo con un hilo de voz.

En la puerta del hospital, el viento ululaba malhumorado. Santana se pasó la lengua por los labios dubitativa.

—¿Estás segura de que quieres que duerma en tu casa?

Malena clavó sus ojos en ella.

—Muy segura, Rebeca.

—No tienes por qué hacerlo. Dormiré en el cuarto de invitados —propuso con timidez. Se moría por abrazarla otra vez, pero temía caerse al suelo si se arriesgaba con una maniobra brusca—. O en el sofá, si lo prefieres.

Malena sonrió benevolente. No era momento de

castigarla. Con mucha dulzura, le arregló el pelo, obstinado en taparle los ojos.

—Dejémonos de chorradas, ¿vale, cielo?

En la cocina, Malena hizo inventario de sus emociones. La amaba como nunca había amado a nadie. No existía antídoto contra eso. En principio, tenía previsto hacerle sudar la camiseta bastante más, pero la tragedia de Aina desaconsejaba perder el tiempo en sandeces. Cuando recibió la llamada de Vázquez, no tuvo la menor duda sobre lo que debía hacer. Rebeca la necesitaba más que nunca. Salió volando para estar a su lado. Y allí estaba, adormilada en su sofá, tan vulnerable que partía el alma.

—Templanza, Malena, templanza —se dijo a sí misma.

El camino era ese, tirar de temple, no dejarse arrastrar por las emociones, mantener la cabeza fría y obviar el calor que se extendía por su cuerpo con solo rozarla. Las emociones, las muy putas, no estaban por la labor de meterse en vereda y comportarse como damas, se desbocaban alocadas, nublaban el buen sentido y, para colmo, eran tan distintas unas de otras que más bien parecían un congreso de la ONU. Las había de todas clases, emociones negras como el carbón asturiano, ardientes y rojas, indomables, tranquilas y azules como un lago alpino, de segunda mano, nuevas y vírgenes. Para todos los gustos. Se concentró en cortar el queso en dados sin amputarse un dedo. Malena no estaba hecha a la inseguridad. Hasta cuatro meses atrás, la conocía de lejos, era algo que les sucedía a los demás, una gripe exótica radicada en países lejanos. Nada que tuviera que ver con ella. De pronto, la inseguridad y los miedos se colaron en su vida. Eran los únicos, con la salvedad de su hermana, que la habían visto llorar y desgañitarse, tomar ansiolíticos y pasar noches en vela. Una parte de su equilibrio interno se hizo trizas con la marcha de Rebeca. ¿Podría su regreso rebozar las grietas y dejar la fachada como nueva? Durante el año que pasaron juntas, Malena se vació, se entregó en cuerpo y alma. Se preguntaba si sería capaz de recuperar aquel nivel de entrega o si el tiempo sufrido a solas habría erosionado sus sentimientos. Por si acaso, se proponía transitar por la vida de Rebeca con el freno de mano puesto. Acabó de preparar la ensalada, respiró hondo varias veces y regresó al comedor haciendo acopio de toda la serenidad que pudo reclutar.

—La cena está lista.

Acurrucada en el sofá, Santana dormía como una bendita, roncando boca abajo.

Llorens tapó el auricular y gritó:

—¡Vázquez, teléfono!

La subinspectora apresuró el paso y se sentó en la mesa, de medio lado.

—Hola, soy Alejandro.

—¿Qué Alejandro? —replicó, aunque sabía perfectamente quién era.

—Alejandro, el geo. Ya ves que no necesito tu móvil.

—Qué listo eres. Estoy impresionada —se mofó.

Él rio suavemente.

—Me gustaría invitarte a cenar.

—Me temo que no puede ser. Estoy trabajando.

—No tiene por qué ser hoy. Me vale cualquier día de la semana.

—Trabajo mucho.

—Pero ¿cenarás de vez en cuando, no?

—Sí, a veces.

—Y una de esas veces, ¿no podría ser conmigo?

—Podría. Llámame otro día y te lo diré.

—Te gusta hacerte la dura, ya veo. —Volvió a reír.

—No me hago la dura. Soy así.

—Me han dicho que te llaman La Marquesa.

—¿Y a ti cómo te llaman, Picha Brava?

La risa se convirtió en carcajada.

—Cenamos el jueves. A las nueve y media estaré en la puerta de la jefatura. ¿De acuerdo?

—Prueba. A ver qué pasa. —Colgó sonriente.

Llorens, que había presenciado la conversación, le dedicó una mirada de reproche.

—Pobre tipo, lo has dejado planchado.

—Qué va. Si le encanta. Cuanta más caña le doy, más le gusta.

Despertó ya entrada la tarde. El sol trepaba por las paredes de la habitación. Le costó situarse. Estaba en casa de Malena. La cama olía como ella. Aspiró con fuerza las sábanas. Los recuerdos llegaron gota a gota. Malena acudió al hospital y la llevó a casa. El hospital. Aina. Aina ensangrentada. Aina en coma. La euforia apenas tuvo tiempo de asomar la cabeza, la realidad la decapitó de un hachazo. Tardó unos minutos en reunir las fuerzas necesarias para levantarse de la cama. Físicamente se encontraba mucho mejor, hambrienta, pero descansada. No se oía ningún ruido. Se levantó descalza. Dio una vuelta de reconocimiento. Definitivamente, Malena había salido. Se quedó maravillada al comprobar que pasaban veinte minutos de las cuatro. Había dormido mucho. En la mesa del despacho encontró una nota en la que daba cuenta de su paradero: «Bella Durmiente, voy a ver a mi hermano. Te he dejado la comida en el microondas. Besos». Junto a la hoja de papel estaban las llaves del piso, las mismas que arrojó con rabia aquel viernes fatídico antes de marcharse con un sonoro portazo. La presencia de las llaves decía mucho más que las dos líneas escritas aprisa. Decía que tenía acceso libre a su casa y a su vida.

En la comisaría, sus compañeros se mostraron excesivamente pendientes de su estado de ánimo.

—Chicos, chicos —anunció en general, después de que le trajesen dos cafés, tres donuts, una manzanilla y una aspirina—. Estoy bien. Muchas gracias por vuestro interés. Os lo agradezco de corazón. Sois los mejores, pero pongámonos a currar, ¿sí?

—Te veo algo mejor —hizo notar Vázquez—. ¿No habrás estado con cierta abogada de cuyo nombre no quiero acordarme?

—¿La llamaste tú?

—El jamón que sea de pata negra. Estírate un poco, niña.

—¿Qué jamón?

—El que me he ganado por enderezar tu lamentable vida amorosa.

—Te invito al café y vas que te matas.

—Se me olvidaba, Rebeca. Hablé con Paqui. La medio novieta de Solana. Confirma que estuvo con ella todo el fin de semana. Desde el sábado a las ocho y media de la noche hasta el domingo a las nueve pasadas. Parece una buena mujer, de las que andan desesperadas por cazar marido. Solana es un buen partido, si a una le van los tíos empalagosos, claro.

—A ver si aparece Anabel. Tengo ganas de charlar con ella. Me intriga esa chica. A propósito, ¿hay algo sobre Anaïs?

—Otra que está desaparecida en combate. Daremos con ella, no te preocupes.

Pinzón prohibió expresamente a Santana acercarse ni tener ningún tipo de contacto con Ferrándiz.

—Si contraviene la orden, subinspectora, tendré que relevarla de la investigación. Es mejor que no intervenga en los interrogatorios ni tenga ningún tipo de contacto directo con Ferrándiz —estipuló el comisario—. Crespo y Vázquez se ocuparán de los interrogatorios. Si lo desea, podrá presenciarlos en directo desde otra sala. En fin...

Ferrándiz, bien aleccionado, no dijo una sola palabra en ausencia de su abogado. Las huellas del combate con los agentes que lo detuvieron le proporcionaban un aspecto fiero que intimidaba. Vázquez, fiel a sí misma, no perdía la cara ante el sospechoso y Crespo, en su línea habitual, se mostraba prudente y cabal. Por fin, el letrado de oficio hizo acto de presencia. Se presentó, saludó con frialdad a los policías y se sentó junto a su cliente. Ferrándiz apenas abría la boca. Era prácticamente incapaz de sostener la mirada. Solo hablaba para preguntar por su hermana.

Reiteró la pregunta en tres ocasiones. Aparentemente estaba mucho más preocupado por el paradero de su hermana que por las graves acusaciones que pendían sobre él.

—¿Dónde está Anabel? —preguntó Ferrándiz, cabizbajo y esquivo.

—No lo sabemos —respondió Vázquez, buscando inútilmente el contacto visual.

—Quiero verla.

—No sabemos dónde está —repitió la subinspectora—. ¿Cómo seleccionabas a tus víctimas, José Luis?

—Quiero ver a Anabel.

—Responde a la pregunta.

—Las veía por ahí.

—¿Por ahí? ¿Por dónde?

—Por la calle. —Se encogió de hombros—. Seguro que no la han llamado. Si la hubiesen llamado, ella habría venido.

—La hemos llamado en repetidas ocasiones —terció Crespo—, y no ha sido posible localizarla. Es más, su teléfono móvil estaba en su casa, en un cajón.

Ferrándiz levantó la mirada por primera vez, aunque no la sostuvo, miró fugazmente a Crespo y evitó mirar a Vázquez.

—Mi hermana nunca se deja el móvil en casa. Sabe que me preocupo.

—Pues se lo ha dejado.

—Me extraña.

—Estará con algún chico. —Vázquez lanzó la frase con la perversa puntería de un lanzador de cuchillos. Ferrándiz la miró, ahora sí, con una ira palpitante.

—No está con ningún chico.

—¿Cómo lo sabe?

—Porque no. —Apretó los puños dentro de las esposas.

Santana telefoneó varias veces al domicilio de Ferrándiz. Nadie contestó. ¿Dónde se había metido Anabel Ferrándiz?

Yolanda Barrios, en sus últimas horas como inspectora jefe, no disimulaba su afán por dar cerrojazo al caso y largarse de la comisaría.

—¿Qué más da dónde esté su hermana, Rebeca? No es asunto nuestro. Lo tenemos a él. Ya está. Esperemos que tu amiga se reponga lo antes posible y olvídate de todo esto. Mañana pasará a disposición judicial. El ADN y las huellas lo van a condenar. Está frito, Rebeca. Asunto zanjado. Me ha gustado volver a verte. Para lo que sea, tienes mi número. Llámame alguna vez.

Crespo se mostró bastante más receptivo a la inquietud de Santana.

—A mí también me escama, aunque no tengo ni idea de si es importante o si significa algo. También puede ser que se haya asustado con todo el ruido mediático y esté con alguna amiga o un novio.

—Eso podría ser —reflexionó Santana en voz alta—. Si es así, regresará en unos días, cuando haya asimilado la situación. Depende económicamente de su hermano y no tienen más familia.

Por la tarde llegaron los primeros resultados de las múltiples muestras halladas en la cabaña de Viladrau. En la planta superior se encontraron huellas dactilares de José Luis Ferrándiz. En las dependencias ocultas, además de las huellas del detenido, las de Luisa Benavente, Mireia Lozano, Silvana Jaramillo y Aina Farré.

Robles se reincorporó a la mañana siguiente, desplegando su hiperactividad habitual, y todos en la unidad respiraron aliviados. Santana contactó con Santiago Roca, de Soporte y Ejecución Penal, a fin de conocer el estado de las gestiones que debían culminar con el traslado de su madre a otra penitenciaria. El psicólogo la puso en contacto con la persona que se ocupaba del caso. Después de varias llamadas infructuosas consiguió hablar con la responsable.

—La cosa va por buen camino —aseguró—, en unos días podremos concretar el traslado de su madre.

Por su parte, Vázquez llamó a declarar de nuevo a Matías Solana, quien descartó rotundamente que Ferrándiz sufriese ningún retraso mental.

—Hombre, no es una lumbrera. —Solana, su traje color cacahuete, la corbata azulada a juego con los ojos y los modales de chico de los maristas, irritaban sobremanera a Vázquez sin que hubiese una razón lógica para aquella aversión—. Pero de ahí a un retraso, pues no. Cursó estudios secundarios, vaya, una cosa normal. —Sacudió una mota de polvo invisible—. Lo que es muy callado, eso sí, con la gente que no conoce no es muy hablador. Cuando coge confianza es simpático. Nadie pensaría que pudiese hacer algo así.

—¿Es violento?

—Le gusta la caza y el boxeo, no sé.

—Lo que le pregunto es si le ha visto reaccionar con violencia en alguna ocasión —especificó Vázquez, huraña. Le habían dado cita con el ginecólogo para el día siguiente. Un paso más hacia su nueva vida menopáusica.

—No, verlo, no —aclaró, molesto por el tono de-sabrido—. Anabel me contó que le arreó una buena tunda a un chico que le echó un piropo. Me quedé de piedra.

Anabel se convirtió en la prioridad de Santana. Vázquez, en un estado mustio y apático, que a ratos se tornaba irascible, se dejó llevar sin oponer resis-tencia ni aportar iniciativa alguna.

—¿Qué opinas de Ferrándiz, Rebeca? —quiso sa-ber Crespo.

—Es un sádico sexual con una disfunción de impo-tencia que tiene que generarle una rabia atroz. Mi-radlo, está cachas. Es muy viril y es impotente. Una paradoja frustrante.

—¿Es un psicópata? —preguntó Vázquez.

—No. Evita el contacto visual, es introvertido, inse-guro. Todo lo contrario de un psicópata. Los psicópatas por definición sonególatras, narcisistas, manipulado-res natos. Ferrándiz no encaja. Sin embargo, las estran-gulaciones son rituales, eso es clásico en los psicópatas. Es lo que no entiendo. Ya te lo dije. Utiliza una fuerza bárbara para noquear a las víctimas y abusar de ellas, y a la hora de matarlas, se inclina por el refinamiento... —hizo el símbolo de las comillas con la mano—, del es-trangulamiento con las bragas, que no debe de ser, por cierto, la forma más sencilla de estrangular. Hay algo de femenino en la forma de matar.

—¿No estarás pensando en la hermana, verdad? —aventuró su compañera.

Santana cabeceó.

—¿Dónde anda metida? Si no está involucrada, no tiene por qué esconderse. Has visto su cuarto. Es narcisista a tope y mucho más inteligente que su hermano. Tienen una relación extraña, no sé si incestuosa, pero por lo menos muy rara. Desde el principio me ha desconcertado la dualidad de estos crímenes. Mujeres distintas, acciones contradictorias. Todo sugiere dos personalidades. Además, en las bragas con las que estrangularon a las víctimas no hay huellas de Ferrándiz. Es extraño. ¿Por qué iba a ponerse guantes para estrangular si hay un reguero de huellas suyas por todo el cuerpo de las mujeres? Hay que encontrar a Anabel. Creo que ella es el cerebro. Es la estranguladora.

Hamburguesas y solomillo

Contactaron con Laura y Jenny, las compañeras de clase de Anabel. Se citaron por la tarde, bajo un sol pálido y desganado, en los espléndidos jardines del edificio histórico de la Universidad de Barcelona.

—Qué bonito es esto —comentó Vázquez, admirada.

—¿Es la primera vez que vienes?

—Sí. Tú seguro que no. ¿A que tuviste una novia que estudiaba Filología?

Santana dejó caer una sonrisa.

—Tuve un amigo que estudiaba Filología y venía a veces a buscarlo. Parece que haga un siglo.

—El tiempo, Rebeca, es un cabrón misógino que odia a muerte a las mujeres.

La llegada simultánea y por separado de las dos chicas cortó en seco el brote filosofal de Vázquez. Jenny, larga, escuálida y descolorida como un espárrago blanco, saludó con indolencia y se atrincheró detrás de Laura, más menuda, en comparación, embutida en un chándal de Hello Kitty que le apretaba las carnes indecorosamente resaltando unos pechos excesivos.

Laura, la voz cantante del curioso dúo dinámico, explicó que conocían a Anabel desde principio de curso, a raíz de un trabajo que les tocó hacer conjuntamente. Se hicieron buenas amigas y empezaron a quedar fuera de la universidad. Conocían al hermano de Anabel, cómo no.

—Intenta controlarla, pero Anabel siempre se sale con la suya. Es mucho más lista que él.

Indagaron sobre posibles novios. Laura se mostró taxativa.

—Anabel es bastante ligera de cascos.

—Tía, no te pases —recriminó Jenny, incómoda ante la deslealtad de su amiga.

—Lo es —se reafirmó—, tontea mucho. Le encanta que le doren la píldora. En mi pueblo la llamarían «calientapollas».

Vázquez, hastiada de niñerías, puso las cosas en su sitio.

—Resumiendo que es gerundio, ¿sale con alguien o no? ¿Algún chico que la pueda tener escondida?

—No, que yo sepa —concedió Laura de mala gana—, pero es ligera de cascos. Se lo digo yo.

Tras la fatigosa charla con las estudiantes, salieron del recinto universitario, se imponía un café cargado. Hicieron un alto en la terraza del bar Estudiantil. Vázquez, a miles de años luz del caso, se entretenía despedazando servilletas de papel.

—La Laura esta tiene celos de Anabel, que por otro lado es la típica que se rodea de chicas menos agraciadas para sentirse el centro de atención. Nada nuevo. ¿Me estás escuchando?

—Perdona, Rebeca —se disculpó.

—¿Qué te pasa?

La Marquesa la tomó con otra servilleta, la desmenuzó en cachitos muy pequeños que recogió y vertió en el cenicero.

—Estoy cansada de ser policía.

—Llevamos mucho tute. Yo también estoy cansada. Es normal.

—No, no, Rebeca, no me has entendido. Ya no me motiva mi trabajo. No le encuentro el sentido. —Se embobó un instante en el tránsito de la gente que entraba y salía del metro y continuó—: Es como barrer en el desierto, una gilipollez. Nunca ganaremos.

—Lo de Andorra no iba en serio...

—Más de lo que tú crees. He estado viendo casas por Internet. Vero se va a ir de Erasmus a Florencia, a lo mejor es buen momento para pedir una excedencia.

Santana se puso rígida.

—Miriam, me estás asustando.

—No tienes por qué, niña. Eres una poli estupenda. No me necesitas para nada. Tú eres el futuro, yo ya soy un dinosaurio.

—Pero ¿qué disparates estás diciendo? —Se encendió—. Claro que te necesito, tía. Tengo mucho que aprender de ti. Qué vas a ser un dinosaurio... En todo caso eres más rara que un perro verde, pero eso no es tan grave. Hasta mola un poco.

Vázquez le regaló una mirada de gratitud.

—En cuatro días serás inspectora. Lo sabe todo el mundo. Rebeca, tú has nacido para esto.

—A veces no lo tengo tan claro. Yo también dudo, Miriam. También siento deseos de mandarlo todo a paseo y mucho más con lo de Aina. —Soltó el aire de golpe—. Necesito recordarme cada mañana que vale la pena levantarme y continuar. Ni se te ocurra dejarme tirada. No me puedes hacer eso, con el por saco que me diste al principio y el cariño que te he tomado... ¿Qué sería de Hutch sin Starsky?

—Yo también te he tomado cariño, niñata. —Soltó una sonrisa y volvió a las andadas con las servilletas—. Me apetece otra vida, más tranquila. Te veo implicarte en los casos, dándolo todo, y me das envidia. Yo ya no tengo tu pasión.

—Eres tan urbanita como yo. Te va a dar un ataque a los dos días. Sin mar, sin ir al Liceo. No duras un telediario, Marquesita. Preséntate al examen para inspectora. Puede que te venga bien un aliciente nuevo.

—Me da mucha pereza ponerme a estudiar. Perdí el hábito hace tiempo. ¿Y qué ganaría con eso? —La desgana empapaba sus palabras como un rocío tóxico—. Algo más de dinero y más quebraderos de cabeza. Dudo que me compense. Para colmo se me ha retirado la regla.

Las facciones de Santana se relajaron.

—He ahí el quid de la cuestión —apostilló, repentinamente animada—. Por eso estás depre. Es hormonal. Te darán unas pastillas para controlar los sofocos y los bajones y estarás como nueva, ya verás.

Vázquez negó con la cabeza.

—Es el principio del fin. El declive definitivo, niña. De aquí a la vejez hay cien metros.

Santana dejó el dinero en la mesa. El sol empezaba a declinar y estaba refrescando. Echaron a andar por la Ronda Universitat, atascada en el tráfico de la hora punta, y doblaron por Balmes.

—Anda ya. ¿Tú has visto cómo está Demi Moore? Es un escándalo. Hay mujeres de cincuenta que son un monumento.

—Están operadas, Rebeca. Despierta. —La Marquesa escrutó su rostro en el espejo de un escaparate—. ¿Crees que tengo que operarme?

—Por supuesto que no. Estás estupenda. Alegra el careto.

Parecía una mujer nueva, con el rostro deshinchado, los moratones prácticamente invisibles, el cabello lavado y una sonrisa de anuncio de dentífrico. Si se dejaba embaucar por sus propias fantasías, hasta le recordaba lejanamente a la madre que siempre quiso tener.

—Buenas noches —saludó Santana—, tienes buen aspecto.

Puri cerró la revista y dejó el vaso de zumo sobre la mesilla.

—Estoy muy contenta. Han venido a verme de Servicios Penitenciarios. Me van a trasladar a una penitenciaria aragonesa.

—Espero que allí estés mejor. Procura pasar desapercibida.

—He aprendido la lección —sonrió mordaz—. Mis ansias de notoriedad han pasado a la historia. Mi abogado dice que en poco tiempo saldré, si todo va bien.

Las facciones de Santana se endurecieron. Un remolino de emociones enemigas se alzó en su cabeza. ¿Era justo que se le permitiese vivir en libertad? No era una noticia que mereciese una celebración. Por otra parte, costaba resistirse a la terquedad de esa sonrisa gemela a la suya.

—Te agradezco lo que has hecho por mí, Rebeca. Que hayas venido a verme. —Se acercó muy despacio. No estaban habituadas a la proximidad y menos aún al contacto físico. Santana se quedó rígida. No supo cómo reaccionar, si besarla, apartarse o quedarse como una estatua de yeso. Puri tomó la iniciativa. Dio un paso raudo y, con apenas un roce, besó la mejilla de su hija—. Me gustaría que vinieras a visitarme alguna vez. Aunque también podemos chatear por el ordenador.

—Ya veremos —dijo con voz ronca—. Buena suerte, mamá.

La luz del salón estaba apagada. La claridad lechosa de las farolas que entraba por la terraza dibujaba zonas de luz y dejaba rincones en penumbra. Malena estaba recostada en su sillón favorito, con los ojos cerrados, disfrutando de una tenue melodía de Tricky. Estaba preciosa, con las facciones relajadas. Santana no se atrevía a tocarla y romper la magia. La contempló emocionada. Le estaba ofreciendo, generosamente, la oportunidad de remediar su estupidez. No merecía tanto premio.

—¿Te vas a pasar toda la noche mirándome? —Entreabrió los ojos con una sonrisa traviesa.

—Me pasaría la vida mirándote.

Se incorporó sonriendo. Por un momento, Santana pensó que iba a besarla, pero para su decepción, pasó de largo.

—He pedido japonés.

—Perfecto.

Malena encendió unas velas, abrió el vino y sirvió el *sushi*.

—Hace un rato llamó Vicky —explicó—. Aina sigue igual.

Santana la miraba hechizada, jugando con la cremallera del jersey. Deseaba besarla, tumbarla en la mesa y devorarla entera, deslizar la lengua por sus piernas, acariciar sus nalgas, morder su boca, perderse dentro de ella, pero algo la retenía, un apocamiento que no le era propio en asuntos amorosos. Estaba decidida a no dar un paso en falso. Esperaría a que Malena abriese la veda. Por lo pronto, estar sentada en la misma mesa, respirando el mismo aire, ya era un logro con el que no soñaba cuarenta y ocho horas antes cuando salió de Vetro llorando a mares. Por asociación de ideas, lanzó la pregunta casi sin pensar.

—¿Te acostaste con ella?

Malena le pasó el *wasabi* y la miró divertida.

—¿Si me acosté con quién?

—Con la *gogó*. Menudo pibón.

—Y muy simpática. Un encanto de niña —añadió, masticando el *sushi*—. Tengo su número por alguna parte.

—Estoy segura de que saliste de la fiesta con un buen montón de números y de *e-mails*.

—Siempre viene bien ampliar la agenda —asintió diplomática.

—Ahora que has decidido dar un cambio laboral, podrías dedicarte a la animación nocturna. Visto el éxito, tienes el trabajo asegurado. Además, tu amiga la *gogó* te puede enchufar.

Malena dejó caer una sonrisa condescendiente.

—Lo meditaré seriamente. La verdad es que fue divertido. Me lo pasé en grande.

—Sí, ya lo vi —masculló malhumorada—. No te cortaste un pelo calentando al personal.

Sobre un mueble auxiliar avistó una bolsita negra con las letras plateadas. La sonrisa, sin querer, trepó a sus labios. Sabía lo que significaba la bolsa. Lencería fina. La noche prometía.

—Vaya, ¿eso es lo que me estoy imaginando?

Malena volvió la cabeza hacia la bolsa.

—Es un camisón para mi madre —repuso.

Santana palideció, y acto seguido se ruborizó vivamente.

—Ah... pues... pues seguro que es muy bonito. Porque... porque es todo muy... muy bonito en esa tienda.

La abogada rompió a reír con todas sus fuerzas.

—Te estoy tomando el pelo, Rebeca —farfulló, doblándose de risa—. Tendrías que haberte visto la cara. —Volvió a reír con ganas.

—¿Qué te has comprado? —La salpicó con el vino—. Y no me digas que unos patucos de lana.

—¿Cómo lo has adivinado? —rio de nuevo.

Malena ya no quería resistir ni contenerse. Era una lucha perdida. Quería hacer el amor con Rebeca, fundirse en su piel, besarla hasta que se le hincharan los labios, dejar de sufrir y recobrar las sensaciones placenteras; la complicidad, las risas, las charlas hasta el amanecer, las escapadas en moto, los hoteles de playa, despertar entre sus brazos cada mañana. Recuperar la vida que tenían antes del maldito juicio.

Necesitaba explicarle por qué actuó con tanta insensibilidad, cebándose en ella más de lo que habría hecho con cualquier otro testigo. Lo intentó en varias ocasiones, pero Rebeca no le dio opción. Por fin hablarían largo y tendido del tema.

Las semanas previas al juicio fueron un tormento para Malena. «Montero, se te van a caer las bragas cuando suba tu novia al estrado.» Tuvo que soportar infinidad de chistes, cruce de apuestas, bromas y puyas por el estilo. Aguantó la presión estoicamente, sin caer en las provocaciones y sin hacer ningún comentario en casa. Aguardó pacientemente, herida en su amor propio. Llegado el día, se dejó llevar por un exceso de celo en querer demostrar que no iba a ablandarse por tener a Rebeca enfrente en el estrado, que sabía ser objetiva e implacable, que las bragas se iban a quedar en su sitio, bien quietecitas, durante todo el juicio.

—No me has contestado todavía, Malena.

Rellenó su copa y la de Santana.

—¿Cuál era la pregunta? Se me ha olvidado —se excusó detrás de una mueca pícara.

La subinspectora suspiró.

—Estás en vena hoy, ¿eh?

Se armó de paciencia. La observó comer, limpiarse con la servilleta. Finalmente, contestó.

—Yo no meto en mi cama a la primera petarda que me tira los trastos, Rebeca. Eso se supone que ya lo sabes.

—¿Pero? —Contuvo el aliento.

Malena demoró la respuesta unos segundos más, que se le hicieron interminables.

—No hay ningún pero. Solo me tomé una copa con ella. No pasó absolutamente nada.

—Será porque tú no quisiste. —El alivio destensó todos los músculos de su cuerpo.

—Será por eso —concedió.

—¿Por qué no?

—Conoces la respuesta, Rebeca. Me conoces muy bien.

—Me volví loca de celos —reconoció Santana, una vez que la perturbadora posibilidad había quedado descartada.

—Ese era el plan, cariño. Compréndelo. No podía ponértelo tan fácil. Por cierto, no estaría de más que tú también fueses un poquito más selectiva, solo un poquito. —Acompañó las palabras con un elocuente gesto de los dedos.

—¿Lo dices por la Barrios? Ya te dije que...

—Sé lo que me dijiste. —La cortó en seco—. Me acuerdo perfectamente. ¿Y qué? Te besó, la tocaste, le... dejémoslo. —Movió la mano—. Me pone de muy mala hostia pensarlo. Esa tía es una cretina de mucho cuidado. Elige mejor, ¿quieres?

Malena había comprado lencería nueva y estaba celosa. Blanco y en botella.

—Ya elegí hace tiempo y elegí muy bien. —La miró intensamente—. Como dijo Paul Newman, ¿para qué salir por ahí a comer hamburguesa, teniendo solomillo en casa?

Malena soltó los palillos y rio a mandíbula batiente.

—Es la primera vez que me llaman solomillo. Estoy segura.

—Atenta, guapa. —Santana secundó su risa—. Hay que estar muy, muy buena para ser un solomillo.

Malena abandonó el vino y el *sushi* y acercó sus

labios a milímetros de los suyos. Sus respiraciones se agitaron. Iba cuesta abajo, directa a sus brazos.

—No sé qué tienes que me vuelves loca —murmuró en su tono más sugerente, y el aire que se acumulaba entre ellas subió de temperatura varios grados.

El freno de mano había saltado por los aires, y sus temores, lo presentía, morirían despedazados entre el cuarto y el quinto beso. Volvería a darse entera. Otra cosa era imposible, tratándose de Rebeca.

—¿Qué llevas debajo? Me mata la intriga —preguntó Santana, entrecortadamente.

Malena atrapó su boca con sus labios y la besó recreándose.

—Averígualo —la retó.

De la mesa rodaron a la alfombra. Los besos se sucedían vertiginosamente. Sus lenguas se buscaban enardecidas, ansiosas por recuperar el tiempo desperdiciado y reencontrar las sensaciones añoradas. Se desnudaron mutuamente. Santana contempló extasiada el *body* negro ceñido como una segunda piel a sus curvas vertiginosas, las ligas que realzaban sus piernas morenas y torneadas.

—Por Dios, qué maravilla... cariño, me vas a matar de un ataque al corazón.

Malena se colocó detrás de ella, con las piernas enmarcando las suyas. La tenía enteramente entre sus brazos. Se lo tomó con calma, luchando contra el deseo imperioso y atropellado que pedía orgasmos rápidos y consecutivos. Quería disfrutarla, saborearla lentamente. Rozó su cuello con la punta de los labios, mientras sus manos moldeaban los pechos de Santana. La subinspectora, impaciente, se volvió hacia ella.

—Mi amor, te quiero tanto...

Quedaron frente a frente, perfectamente acopladas. Santana recorrió la suavidad de su espalda por debajo del *body*. Malena tembló descontrolada.

—Dime que me quieres, Malena —murmuró—. Necesito oírtelo. Dime que me quieres.

—Si no te quisiera, no estarías aquí.

Las manos de Santana bajaron a la cintura trazando caricias sabias, jugaron con los bordes de las ligas y se perdieron por el interior del *body* empapado. Malena echó la cabeza hacia atrás, cerró los ojos. El movimiento de sus caderas era una gozada. Ciñó sus piernas alrededor de la espalda.

—Dímelo.

—Rebeca...

—¿Qué, cariño?

—Te quiero.

—¿Cómo dices? No te he oído.

—Te quiero. —Levantó la voz entre jadeos.

—Dímelo otra vez.

—Bésame —pidió la abogada.

—Dímelo.

—Bésame, por favor —suplicó.

—Dime que me quieres.

—Te quiero, te quiero... —chilló.

Conocía su cuerpo, sus ritmos. Esperó y la besó en el momento preciso. Malena perdió el control, jadeó enloquecida y se desplomó en sus brazos.

La venganza se sirve fría

Lo primero que percibió Santana al entrar en la unidad a las ocho de la mañana fue un alboroto generalizado y fuera de lo común. Se había formado un corrillo alrededor de Bielsa, varias botellas de refresco de dos litros, una bandeja de dulces y una caja de bombones. Por curiosidad, y porque, casualmente o no, su mesa de trabajo constituía el centro de la celebración, se abrió paso entre los agentes que trasegaban cola y cruasanes de crema y chocolate. Bielsa cambió la expresión en cuanto sus miradas se cruzaron y un intenso rubor cubrió su rostro.

—¿Es tu cumpleaños, David?

—Ha aprobado el examen para oficial —proclamó alguien a voz en grito. El homenajeado forzó una sonrisa de falsa modestia y alargó la bandeja de cruasanes a la subinspectora.

—Enhorabuena —dijo aceptando el ofrecimiento de Bielsa.

—¿No vas a darle un besito, Santana? —se mofó Nando, el primo de Bielsa.

—A lo mejor quieres que te lo dé a ti —respondió, dando cuenta del cruasán.

—No te ofendas, Santana —replicó Nando con aire de perdonavidas—, pero a mí me van con más tetas.

—Y a mí, te lo aseguro —reveló Santana, haciendo estallar una carcajada general.

—¿Qué coño pasa aquí?

El bramido de Vázquez enmudeció las risas y los comentarios jocosos.

—Despejad, venga.

—Marquesa —intervino Crespo—. Bielsa se nos ha hecho un hombre. Ya es oficial.

Vázquez arrambló un puñado de bombones, se sentó en su mesa y encendió el ordenador.

—Felicidades, campeón, y ahora a cascarla a otra parte. —Batió palmas—. Vamos, vamos.

El grupo se dispersó entre protestas. Crespo le hizo una seña a Santana y encendió el ordenador.

—Sé que tienes interés en saber cómo seleccionaba a las víctimas. Las fotos del ordenador de Ferrándiz muestran el seguimiento que les hizo antes de atacarlas.

—¿Dónde es esto?

Vázquez se arrimó a la mesa. Los tres fijaron los ojos.

—Ve a la foto anterior —pidió Crespo—. Eso es una parada de metro, ¿no?

—Sí, parece de la línea azul.

—Es la Escuela Industrial —indicó una voz a sus espaldas. Se volvieron los tres a la vez. Bielsa recogía los restos de su celebración, llevaba los vasos de plástico y las servilletas de papel en la mano—. La parada es la del Hospital Clínico.

—¿Estás seguro?

—Estoy seguro, Santana. Estudié tres años allí.

—Deja eso, y tráete una silla.

Bielsa obedeció, henchido de satisfacción. Tal vez no le sacase un beso a Santana, pero podía ganarse su respeto. Pasaron las quince fotos, una a una. Bielsa no dudó un segundo. Todas habían sido realizadas en la misma zona. El segundo grupo de fotos, en cambio, mostraba a las mujeres en sus ambientes de trabajo o en las cercanías de sus domicilios.

—Esto es la parte de atrás de la Escuela —señaló—, en la calle París. Y esta —la foto era de Aina, con su abrigo de colegiala y su dulce expresión— en Urgell, delante de la Escuela. Todas están hechas en la misma manzana, en puntos muy próximos.

—Es muy curioso. —Santana pensó en voz alta—. Hay fotos de las víctimas en los alrededores de sus casas y sus lugares de trabajo. Como veis, son zonas distantes que no tienen nada que ver entre sí. Sin embargo, el otro grupo de fotos nos dice que todas ellas estuvieron, al menos en una ocasión, en la misma zona, frente a la Escuela Industrial. ¿Por qué? ¿Qué hacían allí?

—Algo tiene que haber por esa zona, algo que las vincula —apuntó Vázquez—. Vamos a entrar en Google Earth. Necesitamos saber qué hay en esa manzana, cerca de la Escuela Industrial. Es decir, en la otra acera, porque la Escuela ocupa toda la manzana.

El timbre despertó a Malena pasadas las diez y media. Se levantó bostezando. En la mano, la nota que Rebeca había dejado sobre la almohada de la cama.

La leyó de camino a la puerta. «Voy a hacerte muy feliz todos los días de tu vida, princesa. Te amo.» Sonrió. La releyó y volvió a sonreír.

Descolgó el telefonillo.

—¿Diga?

—Carta certificada para Rebeca Santana.

No era la primera vez que llegaba correo de Rebeca a su casa después de la ruptura. Normalmente, lo dejaba en la recepción de la comisaría. Esta vez, sería distinto. Se la daría en mano por la noche. Se vistió aprisa. No era cuestión de escandalizar a la cartera. Las ligas y el *body* estaban en el suelo del salón, donde los abandonaron anoche antes de pasar a la cama, luego a la ducha y de nuevo a la cama. Recogió la ropa y la dejó en la habitación. Abrió sin prestar mucha atención, abstraída en los recuerdos de una noche increíble, intensa y hermosa. La chica era muy joven. «Sí que andan mal de personal en correos.» Llevaba una bandolera azul cruzada sobre el pecho y un jersey amarillo.

—Buenos días. —Puso una tablilla sobre el brazo—. Firme aquí, por favor.

Había algo raro en ella. Sus zapatillas de deporte negras y fucsias desentonaban con el uniforme. Firmó mecánicamente y, al levantar la cabeza, se dio cuenta. Iba de azul y amarillo, pero no llevaba el uniforme de correos ni de ninguna empresa privada. Sus miradas recelosas se encontraron. Malena retrocedió instintivamente. Antes de que pudiera dar otro paso, la falsa cartera la roció con un espray y Malena quedó envuelta en una nube de vapor. Le escocían los ojos y no podía ver. Sintió un dolor intenso y sordo en la nuca y cayó a peso.

Tiraron del hilo que proponía Santana. ¿Qué hacían en la misma manzana y en días distintos Luisa, Mireia y Aina?

—A ver —recapituló Santana—. Mireia vivía bastante cerca de la zona. Mapa, Bielsa. No, ese no, el de la ciudad. —Bielsa abrió Google Earth y el plano urbano—. Imprime un plano de la zona y marca en rojo los puntos que te diga, ¿sí?

—Sí, sí. Voy.

La hoja salió de la impresora con un leve zumbido.

—Ya. Dime.

—Calàbria con Londres. —El oficial oteó el plano y marcó con una cruz roja la intersección de calles.

—Listo. ¿Qué más?

—Pon una «M» al lado. Ahora marca el Clínico y pon una «A».

—Hecho.

—Miriam, ¿cuál era la dirección de la clínica geriátrica en la que trabajaba Luisa? París con algo, ¿no?

—Aguarda. —Removió papeles y abrió cajones—. Aquí está. Sí, París con Villarroel.

—Justo al lado del Clínico —anunció Bielsa, marcando el punto. ¿Pongo una «L»?

—Eso es —sonrió Santana—. Nos falta Silvana.

Santana marcó el número de Osvaldo. Saltó el contestador y dejó un mensaje.

—Vale, olvidémonos por ahora de Silvana hasta que nos llame su marido. Tres de cuatro en un área muy concentrada. Vamos al otro mapa. ¿Qué es lo que hay por allí, Bielsa?

—Pues... —los ojos de los cuatro policías se movieron a la vez—, de todo. Una pizzería, una sucursal bancaria, una panadería, un bar, un edificio de oficinas, una tienda de ropa. Girando por París, otra panadería, un restaurante... no sé, hay de todo.

—Santana tiene razón —advirtió el inspector—, algo se nos escapa.

En el despacho de Pinzón, Santana presenció sin querer una curiosa conversación entre el comisario y su esposa, relativa, por lo visto, al sobrepeso del jefe.

—Me he puesto sacarina en el cortado, Amaia, y no he comido donuts. ¿Acelgas? Puaggg. Ponles unos tacos de jamón y unos ajitos por lo menos. —Pinzón levantó la vista. Santana fingió no estar escuchando, absorta en repasar unos documentos—. Amaia, que tengo trabajo. Hablamos en casa. Adiós, adiós. —Colgó con un sonoro suspiro—. Las mujeres son inflexibles, Santana.

—¿Me lo dice o me lo cuenta, señor?

Ambos sonrieron.

—No me diga —la sonrisa del comisario se esfumó— que viene a hablarme de Anabel Ferrándiz. Ya me han dado la brasa con ese tema, primero Robles, y luego Crespo.

—Se lo he pedido yo, señor.

—Ya lo he supuesto. Esta tarde voy a dar una conferencia de prensa y pienso anunciar que Ferrándiz ha pasado a disposición judicial. Por lo que a nosotros respecta, el caso está cerrado. A partir de ahora, el juez tomará las medidas adecuadas y esperemos que la fiscalía remache el trabajo. Un estudiante danés ha aparecido muerto en el parque de Cervantes.

Lo han acuchillado. Pónganse a ello, Vázquez y usted. Olvídense de Ferrándiz y de su hermana.

—Señor, este caso no está cerrado. Ni mucho menos.

—Está cerrado, subinspectora. A cal y canto. Llamen al consulado danés. Y por cierto, me ha dicho un pajarito que Montero se cambia de bando. —El comisario enrojeció abochornado por la posible doble interpretación de sus palabras—. Me refiero a la fiscalía, claro. No a otra cosa. Sería un gran fichaje y un alivio tenerla de nuestro lado.

Santana prorrumpió en una sonora carcajada.

—Se va a preparar para optar a la plaza, sí. De lo otro, no tengo noticias de que vaya a cambiarse de bando. Vamos —sonrió—, espero que se quede en mi bando treinta o cuarenta años más.

El comisario abrió el cajón de su mesa y sacó una bolsa de palitos integrales.

—¿Le apetece uno?

Santana meneó la cabeza.

—Se lo agradezco.

—¿Conoce alguna receta potable que incluya acelgas?

—No, señor. Lo siento.

—Y yo, Santana, créame, yo también lo siento. Ala, a por el danés.

Pilar abordó a Santana a la salida del despacho de Pinzón.

—Llevo una hora buscándote. Tienes varios recados de un tal Marc. Ha dicho que era muy urgente.

Santana frunció el ceño, dio las gracias a Pilar y corrió al teléfono.

—Por fin. —La voz de Marc sonó con una nota de tensión que la alarmó—. ¿No has escuchado mi mensaje, Rebeca?

—¿Qué mensaje?

—En el móvil.

—Estaba reunida, Marc. He dejado el móvil en mi mesa. ¿Qué ocurre?

—Anaïs te culpa de la muerte de su novio.

—¿Su novio? ¿Yo lo conocía?

—Iván. Iván Maestre. El chico que se tiró de la azotea del centro. ¿Lo recuerdas?

—Sí, claro. Cuando se suicidó yo ya no estaba en el centro. Me marché unas semanas antes. Ni siquiera sabía que saliera con Anaïs. Él nunca me habló de ella.

—Es difícil saber lo que hay de realidad y lo que hay de fantasía en la cabeza de Anaïs. Si quieres mi opinión, lo más probable es que fuesen solo amigos y que ella no lo aceptase. He repasado sus sesiones. Está obsesionada con la muerte de Iván. Te culpa de su suicidio.

«Sufrirás lo mismo que yo sufrí, Rebeca.»

—¡Dios mío, Malena!

Un terror incontrolable se apoderó de ella. Consultó el móvil. Aparte de varias llamadas y el mensaje de Marc, tenía un mensaje de texto de número desconocido que decía: «Te estamos esperando, Rebeca. Empieza lo bueno».

Desde la azotea, la vista era sobrecogedora. Malena nunca había subido hasta entonces, y dadas las circunstancias habría preferido ahorrarse la panorámica de la ciudad. Llevaba un buen rato allí arriba. Le dolían los brazos y estaba empapada en sudor. La chica cada vez estaba más nerviosa. Paseaba como un león enjaulado.

—¿Dónde está tu novia? Te ha llamado veinte veces y no le has contestado. ¿No ha leído el mensaje? —Se tocó la cabeza con la pistola—. Tendría que pensar un poco, ¿no? Menos mal que es madero la muy gilipollas. A lo mejor le importas una mierda, ¿has pensado en eso? Me estoy empezando a rayar que te cagas. Casi que te tiro y que le den, pero no... no, no, no. Tiene que sufrir. Si no ve cómo mueres no mola. He sufrido mucho por su culpa. Mucho. Ahora sufrirá ella.

—¿Anaïs? —La puerta verde de la azotea chirrió.

—Espero que hayas venido sola, Rebeca. Si me la lías, le pegó dos tiros a tu chica.

Anaïs no tenía nada que perder, y eso la hacía extremadamente peligrosa. Santana entró con las manos en alto.

—No voy armada.

Le temblaban la voz y las manos. Tenía que controlarse. Mantener la calma. Los geos la habían instado, por encima de todo, a permanecer tranquila.

—Evita el contacto visual con la rehén, por tu propio bien y por el suyo. Mantén la calma. Si la secuestradora entra en razón, mejor para todos, pero no es la prioridad. No intentes salvarla. Ella ha creado esta situación. Si la rehén o tú corréis peligro, actuaremos sin pensarlo. No actúes por tu cuenta, Santana. No te dejes llevar por tus emociones. Sería sumamente peligroso. Nada de disparos. Solo nosotros dispararemos cuando sea estrictamente necesario. ¿Queda claro?

—Transparente.

De soslayo, mientras se sometía al cacheo de Anaïs, vio a Malena, indefensa, en el borde de la azotea. Un mal paso la precipitaría a una muerte segura. El corazón le dio un vuelco y una oleada de furia le nubló temporalmente la razón. Perdería la cabeza si a Malena le sucediera algo. La sola idea desencajaba los engranajes de su cerebro. Su instinto sugería desarmar a Anaïs de una patada en la boca y acabar con aquella situación, pero debía conservar la serenidad a toda costa. «No te dejes llevar por tus emociones.» Sin dejar de apuntar, la acosadora echó una ojeada a la escalera y cerró la puerta.

—Bueno, bueno, has tardado un pelín. Igual te la suda la guapita de cara, ¿no?

Se suponía que habría al menos dos tiradores cubriendo distintos ángulos de disparo, apostados en el bloque de enfrente. Más los efectivos desplegados en el propio edificio. Ya debían estar subiendo, preparados para el asalto. Deseaba de corazón que no llegaran a abrir fuego. Santana confiaba ciegamente en el poder de las palabras. Había cursado un máster de mediación y resolución de conflictos. Estaba capacitada para solucionar el conflicto sin violencia. Anaïs estaba enferma. No merecía morir acribillada en una azotea, pero si le hacía daño a Malena, sería ella misma la que vaciaría el cargador de la pistola que llevaba en la bota sin importarle un cuerno las consecuencias.

—Anaïs. —La voz le falló de nuevo. Si no dejaba de

mirar a Malena perdería los estribos. «Evita el contacto visual con la rehén.» Las lágrimas se le subían a la garganta. Traspasó su atención a Anaïs y respiró hondo—. Esto es entre tú y yo. Ella no tiene nada que ver. Suéltala. Átame a mí, tírame a mí si quieres. Ella no te ha hecho nada.

—¿Te cambiarías por ella? —la desafió, entre burlona e incrédula.

—Sin dudarlo —afirmó, terminante—.Vamos, átame. —Le ofreció las manos—. Haz lo que quieras conmigo, pero suéltala, Anaïs, te lo suplico.

Por nada del mundo permitiría que Malena pagase por sus errores, ya fuesen reales o los que Anaïs se empeñaba en atribuirle. No había podido salvar a Aina, y ese era un peso que arrastraría para siempre. Con Malena no se repetiría la situación. Haría lo que fuera por evitarlo. Daría su vida por ella. Lo supo, con absoluta certeza, en aquel preciso momento, a los pies de un sol primaveral que proclamaba a gritos su victoria contra el invierno. No le interesaba vivir en un mundo en el que no estuviera Malena.

—Vaya, vaya. Entonces no me he equivocado. Hace mucho tiempo que te vigilo, Rebeca. Sé que antes vivías aquí, luego te perdí la pista, pero claro, con seguirte desde la comisaría, resuelto. No estaba muy segura de si aún te importaba la pija esta, pero veo que sí, que estás muy pillada. Tienes buen gusto, hay que decirlo. La tía es guapa de verdad. Yo también tengo buen gusto. ¿Te acuerdas de Iván Maestre?

Iban llegando al corazón del asunto. Anaïs sería más susceptible de despistarse o bajar la guardia. Santana se situó a la izquierda de la puerta. Anaïs se movió con ella sin ser consciente. Confiaría en sus conocimientos y los aplicaría. Podía usar sus dotes de negociación para evitar que la dejasen como un colador. No todo estaba perdido. Aún había una esperanza.

—Claro que me acuerdo.

—Era un chico muy guapo.

—Es verdad. Era un chico estupendo.

—¿Ah, sí? Seguro que ni recuerdas de qué color tenía los ojos. A ver, dime, cabrona. —Levantó la voz, amenazante—. ¿De qué color los tenía?

—Verdes —dijo sin titubear.

—Verdes, sí. Puta chiripa.

—Me acuerdo de él, Anaïs. Lo apreciaba. Era un fanático del baloncesto. Solía llevar la gorra del revés y una camiseta de Kobe Bryant. Sus padres murieron en un accidente de tráfico cuando él tenía doce años y su vida se fue a la mierda. Lo acogió un matrimonio que lo trataba fatal y abusaba de él. Iván se escapó y vivió en la calle un tiempo. Empezó a consumir drogas y a prostituirse. Era un buen chaval que tuvo mala suerte. Sentí mucho lo que ocurrió.

—Mira, tía, me pone de los nervios cómo habláis los comecocos; aunque seas madero, sigues siendo una comecocos de mierda. «Sentí mucho lo que ocurrió.» —repitió con voz de falsete—. Iván se tiró de la puta azotea y se reventó los sesos contra el patio del centro. Eso fue lo que ocurrió. ¡Que tú no lo ayudaste, cerda de mierda! —Se estaba poniendo muy nerviosa. Sus pasos la acercaban demasiado a Malena—. Bueno, Rebeca, esto está empezando a aburrirme. Me aburro, me aburro.

Movió la pistola de arriba abajo sin control. La tentación de desarmarla era cada vez más fuerte. Sabía que podía hacerlo fácilmente. «No actúes por tu cuenta.» Debía limitarse a distraer a Anaïs y a mantenerla lo más alejada posible de la rehén. Acatar las órdenes habría sido mucho más sencillo si la rehén y Malena no fuesen la misma persona.

—¿Qué tal si pasamos a la acción de una vez? Despídete de tu muñequita. Ahora que me acuerdo, qué bonita la nota. Ohhhh. No sabía yo que eras tan romántica, tía. Al menos, tú puedes despedirte. Yo no me pude despedir de Iván. Dile algo, Rebeca. Porque la voy a tirar ahora mismo. —Dio fe de sus intenciones caminando hacia el borde de la azotea. Malena abrió los ojos, presa del pánico. Lanzó una mirada suplicante a Santana.

—¡Anaïs, no lo hagas! En realidad no quieres hacer esto. —Se acercó unos pasos—. No lo hagas. Habla conmigo. Solucionemos esto, Anaïs. Todavía no ha pasado nada irreparable. Suéltala. Hablaré en tu favor, te lo prometo. Te conseguiré la mejor ayuda. Iván no querría que lo hicieras.

—¿Que no quiero hacerlo? —Soltó una carcajada seca—. Claro que quiero. Es justo lo que quiero, imbécil. —Se aproximó más a Malena—. Estoy hasta el coño de loqueros como tú. Qué cojones sabrás tú lo que yo quiero o lo que Iván quería. ¡Que te den, Rebeca! ¡Que os den a todos por el culo!

La subinspectora inició lentamente el ademán de hacerse con el arma que llevaba en el tobillo. Tardaría unos segundos en descerrajarle dos tiros a Anaïs. ¿Sería lo suficientemente rápida? ¿Y si fallaba? Detestaba las armas y las dominaba lo justo. La tensión y los nervios podían jugarle una mala pasada. Anaïs levantó la pistola y apuntó a la abogada.

—Lo siento, guapita.

Antes de que Santana tuviera ocasión de decidirse, una lluvia de balas se desparramó sobre Anaïs. Los disparos llegaron desde diferentes puntos. No tuvo ninguna oportunidad de salvar la vida. Se trastabilló haciendo eses, como un borracho al final de la juerga. La pistola cayó al suelo. Santana la apartó de un puntapié. Anaïs la miró con ojos huecos de expresión, tropezó y se dio de bruces contra el suelo. En su caída, quizás involuntariamente, o quizás no, empujó a Malena. La abogada perdió el equilibrio y quedó colgando del borde de la azotea, suspendida en el aire, a nueve pisos de altura. Santana saltó por encima del cuerpo inerte de Anaïs y la agarró de la ropa. La camiseta de tirantes cedió por la costura. Malena encaró al vacío. Los ojos parecían salírsele de las órbitas. El vértigo le dio la vuelta a su estómago. Sintió ganas de vomitar, aunque tenía el estómago completamente vacío. Pataleó histérica. Ante sus ojos pasaron, veloces, retazos de taxis negros y amarillos, edificios acristalados, vallas publicitarias, la anilla olímpica, la torre del World Trade Center, el teleférico que ascendía hacia Montjuïc. La ciudad se balanceó a sus pies.

—No mires abajo, no mires abajo. —Las palabras de Santana, casi gritos, y las lágrimas peleaban a muerte—. Mírame a mí, mi amor. Mírame a mí. Aguanta. Aguanta, por favor.

Qué absurdo. No podía acabar todo allí. Iba a cumplir treinta y tres años. Quería casarse con Rebeca, comprar una casa sobre una cala de pinos y agua transparente al norte de la Costa Brava, prosperar en la fiscalía, jugar con los futuros hijos de su hermana y enseñarles a surfear, admirar los nuevos lienzos de Raúl, perfeccionar su italiano, conocer bien el sudeste asiático. Tenía demasiadas cosas pendientes como para caer de aquella azotea y desparramar sus sesos en la acera de la calle Numància un martes a la hora del aperitivo. Rebeca chillaba, anegada en lágrimas. No conseguía entenderla. Todas las avispas de la provincia zumbaban en sus oídos. Sus dedos entumecidos, y ya casi sin riego sanguíneo, no aguantarían mucho más. Rebeca gritó de nuevo. Malena logró leer sus labios.

—¡Ayuda!

Dos geos respondieron a su llamada de auxilio. Entraron a saco rodando por el suelo. De un vistazo se hicieron una idea clara de la situación. La secuestradora estaba abatida y muerta en el suelo. La rodearon corriendo y se dispusieron cada uno a un lado de Santana.

La camiseta de Malena cedió otro milímetro.

—La tengo —informó uno los geos, inclinándose hacia adelante hasta casi quedar colgando y sujetando a Malena del antebrazo.

—¡Vamos, arriba! —gritó su compañero imitando la maniobra con el antebrazo derecho. Operaron con destreza y precisión, y entre los tres la subieron a pulso y la depositaron en el suelo descompuesta, empapada en sudor, con la camiseta hecha jirones, la piel de los nudillos levantada y varias uñas ensangrentadas. El geo de mayor graduación la desató y le quitó la mordaza.

—¿Se encuentra bien? ¿Ha sufrido algún daño? ¿Necesita asistencia médica?

Malena movió la cabeza, incapaz de articular palabra, sin dejar de llorar y se abrazó a Santana desesperadamente, temblando sin control.

—¿Tú eres la compañera de Vázquez, verdad?

—Sí.

—Salúdala de mi parte. Dile que soy Alejandro.

—Lo haré. Dales las gracias a tus compañeros, Alejandro. Muchas gracias —dijo con voz apenas audible.

—Para eso estamos. Buen trabajo.

Santana movió la cabeza con aire de duda.

—Está muerta. No creo que se pueda considerar un buen trabajo.

—Tu chica está viva. Ese era el objetivo. Has hecho lo que has podido. No te quepa duda. —Sonrió afable y se despidió de la subinspectora con un golpecito en el hombro.

Mientras los geos se ocupaban de Anaïs y las sirenas aullaban calle abajo, Malena rompió a sollozar con un llanto desgarrado y convulso. Santana nunca la había visto tan asustada y vulnerable, ni había sentido con tanta virulencia el pánico a perderla. La apretó muy fuerte contra su cuerpo, hasta casi robarle la respiración, ante la mirada curiosa de los geos y los ojos sin vida de Anaïs.

La sonrisa del Geyperman

El Paseo Marítimo y la playa hervían de calor, pa-
tinadoras de aspecto californiano y jugadores de ajedrez maduros que, según sospechaba Santana, ele-
gían jugar al borde del mar tanto por disfrutar de la
brisa como de las vistas esplendidas que ofrecían las
chicas de buen ver que solían frecuentar la zona. Paseó hasta la playa de Sant Miquel, en el corazón de la
Barceloneta. Detuvo sus pasos sudorosos justo debajo del edificio en el que vivía Vicky. Era inútil llamar
al timbre. Su amiga estaría trabajando. Se quitó la
chaqueta y se arremangó la camiseta de manga larga,
colapsada por un exceso de pensamientos paralelos:
su madre y la renacida sensación, que no era amor,
como aseguraba Segarra, pero que sin duda andaba
en las antípodas del odio que llevaba años alimentan-
do, perversa y cuidadosamente; un odio enorme, de
dimensiones descomunales, hambriento de devorar
cualquier sentimiento noble que hubiese albergado
hacia ella en el pasado más remoto. ¿Sería la hora de
liberar al monstruo y soltar lastre? Estaba cansada

de odiarla, pero tampoco se sentía capaz de quererla, al menos del modo en el que se debe querer a una madre. Le costaba recordar si en realidad había llegado a quererla alguna vez. Conservaba un recuerdo borroso, de una mañana muy parecida a aquella, soleada y agradablemente calurosa, probablemente de finales de primavera o comienzos de verano. En el recuerdo, la arena de la playa era de un blanco deslumbrante, irreal, las olas luchaban por derribar el castillo de arena que Santana y su madre construían entre risas.

—Es el único recuerdo bueno que tengo de mi madre —le confesó a Segarra en el transcurso de una sesión.

—Eso es imposible, Rebeca. Tienes muchos más, escondidos en la memoria. Por alguna razón has elegido este.

Virginia, en cambio, aseguraba que se trataba de un recuerdo fabricado que no se correspondía con la realidad.

Tampoco podía dejar de pensar en Anabel Ferrándiz. El caso, a pesar de la rotundidad del jefe, no estaba cerrado. Santana lo presentía, sentía la ráfaga de aire helado que dejaba el resquicio por el que se les escapaba la verdad. Y en medio de todo, o más bien, por encima de todo, la inquietud por Malena, interfiriendo con obsesiva insistencia. Setenta y dos horas después del traumático episodio en la azotea, se empeñaba en comportarse como si no hubiese ocurrido nada.

—Pasé un rato malísimo, Rebeca. Por suerte, todo acabó en un susto. Ya está. No le demos más vueltas —se obstinó durante el desayuno. Sorbió el té, se levantó del taburete de la cocina y sacó el pan de la tostadora. Un par de pinceladas de yodo en los nudillos, un chichón en la nuca, dos tiritas en los dedos y la camiseta de tirantes hecha un guiñapo en la basura quedaban como únicos vestigios del suceso.

—Te convendría hablar de ello, cariño —insistió la subinspectora, saboreando el café.

—¿Hablar de qué? —Puso el pan en el plato, volvió a sentarse y procedió a extender la mantequilla y la mermelada de fresa.

—De cómo te sentiste, de cómo te sientes ahora, de lo que sea. No puedes hacer ver que no pasa nada, porque sí que pasa. Hazme caso, Malena. Sé de lo que hablo. Tienes que exteriorizar tus sentimientos. —Acarició delicadamente su cara y dejó caer un beso suave en los labios que sabían a té especiado.

—Montar un drama no es mi estilo. —Mordió la tostada—. Pasemos página, nena.

—No, eso no funciona así. Si no lo sacas afuera, no pasarás página. Te estás engañando. Viste cómo moría una persona y tú misma corriste grave peligro. No estás habituada a vivir situaciones tan estresantes. Es imposible que no te afecten. Yo soy policía y me afectan. Hay imágenes que cuesta quitarse de la cabeza.

—Rebeca, déjame tranquila, ¿vale? —Se acabó el té de un trago, dejó la tostada a medias, agarró la bolsa del gimnasio y salió sin decir una palabra más.

Reprimió el impulso de llamarla. Sería mejor no presionarla excesivamente. Tomó asiento en una terraza a escasos metros de la arena, pidió un café con hielo, el primero de la temporada, y telefoneó a su compañera.

—Estoy en la playa de Sant Miquel. Vente.

—¿Te has tomado unas vacaciones, Hutch?

—Hace un día precioso. Y hay enfrente mío un par de tíos muy cachas de los que a ti te van, aunque puede que sean gays. Pero bueno, para mirar te sirven igual.

—Me has convencido. Estoy ahí en diez minutos. Si intentan marcharse, espósalos. Haz valer tu autoridad.

El sol reverberaba sobre el agua arrancando un juego de luces y brillos espectaculares. Comprendía perfectamente la añoranza de Navarro. Ella no podría vivir lejos del mar. Sería como tener la cabeza metida en una bolsa de plástico. Diez minutos exactos más tarde, Vázquez tomaba asiento frente a los dos hombres de complexión atlética y bañadores escasos que se tostaban al sol de abril.

—Son pareja —confirmó Santana.

—Bueno, como tú has dicho, para mirar me sirven igual.

Permanecieron un rato en amistoso silencio.

—¿Cómo lleva Malena el numerito de la pirada?

—Haciéndose la fuerte. No quiere hablar del tema.

—Cada uno encaja las cosas a su manera, Rebeca. Dale un respiro. Cuando quiera hablar de ello, ya lo hará. Tiene a la psicóloga en casa.

—Sí, puede que tengas razón. Uno de los geos, el jefe, me preguntó por ti. Dijo que te saludase de su parte. Se me había olvidado. Un tío enorme, con pinta de Geyperman, muy agradable. Se llamaba...

—Alejandro —concluyó la frase.

—¿De qué lo conoces?

—Lo conocí en la fiesta de Malena. Mira por dónde.

—Para un día que te dejo sola, vas y ligas, y encima no me lo cuentas.

—No es nada de eso —aseguró.

—Es un cuatro por cuatro y parece simpático.

—Ya empezamos —resopló—. Santana, *la casamentera*, está de vuelta. Otro al que le has visto ochocientas virtudes en treinta segundos. ¿Por qué no montas una agencia matrimonial?

—Le gustas. Con ese tienes opción, no como con estos. —Señaló con la cabeza a la pareja que se arrullaba en la toalla.

—Casi ni lo conozco, Rebeca. Vamos al consulado danés. Tanto sol te afecta la cabeza.

Pasaron toda la mañana entre el consulado y la residencia de estudiantes en la que se alojaba Hans Thomassen. Hablaron con muchas personas y obtuvieron un alud de información irrelevante y totalmente inútil. De vuelta a la jefatura, Santana se mostró huraña y desanimada. Le fastidiaba centrar sus esfuerzos en un caso mientras su mente seguía anclada en otro.

—Me voy a comer a casa. A ver si Malena está de mejor humor que esta mañana —anunció sin bajar de la moto—. Quedamos aquí a las cuatro. —Miró por encima del hombro de Vázquez—. Geyperman a la vista —advirtió con una sonrisa pillina, justo antes de bajar la visera del casco y arrancar la moto.

Alejandro avanzó hacia Vázquez con las manos en los bolsillos de una cazadora de motorista, sonriendo como un chiquillo en una tarde de feria. La Marquesa correspondió a su sonrisa casi sin ser consciente de que sonreía.

—Conocí a tu compañera el otro día. —Siguió con

la vista la Harley—. Aunque no en las mejores circunstancias.

—Sí, lo sé.

—Una chica lista. Con muy buen gusto para las motos y para las mujeres. ¿Cómo tenemos esa cena pendiente? Deberíamos hacer algo al respecto. ¿Tienes planes para esta noche?

—¿Planes que te incluyan a ti? Creo que no. —El geo soltó una carcajada franca y fresca. Vázquez no acababa de encajar del todo su faceta agradable y risueña—. ¿Tú siempre estás de buen humor?

—Normalmente.

—¿Cómo es posible?

—¿Cómo es posible estar de mala leche permanentemente? —contraatacó él sin perder la sonrisa.

—No estoy de mala leche todo el tiempo —se defendió—, pero, aunque así fuese, es más natural dado la mierda de mundo en el que vivimos. La alegría es antinatural.

Alejandro echó la cabeza hacia atrás y rio.

—Esta sí que es buena. Tendré que hacerte cambiar de opinión.

—¿Eres de payasos sin fronteras o algo así?

—Empezaré esta noche, Miriam. A las diez en la esquina de Balmes con Madrazo.

—La comida rara no me gusta nada, te lo advierto.

Alejandro guiñó un ojo.

—Abre tu mente.

—La mente te va a costar; las piernas, aún te va a costar más.

La risa de Alejandro se perdió camino a su Honda de 500 centímetros cúbicos.

—Hasta esta noche, Marquesa.

Malena estaba en casa. Los ruidos provenían de la cocina, atenuados por la voz de un locutor. Siempre cocinaba viendo las noticias. Santana asomó la cabeza con cierta precaución.

—Hola, guapa —sonrió conciliadora.

Malena soltó la sartén, corrió hacia ella y la besó desenfrenadamente, sin dejar de andar, hasta empujarla delicadamente a la silla. La sentó con un suave empujón y se colocó encima, al estilo de los jinetes.

—Eh, menudo recibimiento —logró balbucear, aprovechando que Malena hizo un alto para tomar aliento.

—Perdóname, preciosa.

La miró fijamente. Sus ojos negros traspasaban el corazón de Santana como si fuese mantequilla.

—No tengo nada que perdonarte —contestó entre la tormenta de besos.

—He estado pensando en ti toda la mañana. En lo borde que he sido. Tú crees que lo mejor es analizar las cosas, racionalizarlas por sistema. Está en tu forma de ser y en tu formación. —La besó de nuevo—. En estos momentos no es lo que necesito. Si me hace falta hablar, serás la primera en saberlo. ¿De acuerdo?

No le dio opción a la respuesta. Otro vendaval de besos noqueó la entereza de Santana. La piel de Malena despedía un tenue y agradable aroma a cloro, a sauna y a gel de baño. Miró hacia la comida que había abandonado a medio hacer.

—¿Tienes hambre?

—¿Me lo preguntas en serio? —sonrió Santana, deslizando las manos por la curva de su espalda.

Finalmente, se quedó sin almuerzo. Tuvo que conformarse con un sándwich artificial de la máquina de comisaría que no fue obstáculo para que enfrentase la tarde con una sonrisa de satisfacción que cruzaba su cara de este a oeste. Ya muy al final de la tarde, la llamada de Virginia desplomó su nube de felicidad.

—Todo sigue igual.

Lo que venía a significar que Aina continuaba perdida en el limbo impreciso que separa la vida y la muerte y que Virginia se estaba dejando la salud y la cordura en los pasillos del Clínico.

—Te veo luego —prometió.

Retrasó el momento, jugueteó con el tiempo a fin de alargarlo, multiplicó sus ocupaciones y liberó a Vázquez de las suyas. Secretamente, ansiaba una llamada urgente, cualquier pretexto que la salvase de una nueva visita al hospital. Naturalmente, no sucedió nada imprevisto y enfiló el camino al Clínico con el corazón en un puño.

—¿Quieres verla, Rebeca?

La madre de Aina surgió del silencio para acorralarla con la pregunta más inoportuna. No, no quería verla. No sentía el menor deseo de asistir a la lenta y sistemática agonía de Aina. Quería que estuviera viva, viva en el sentido pleno y auténtico de la palabra, escuchar su risa contagiosa, tomar el café con ella en la plaza de la Virreina, beber mojitos hasta las tantas, ver pelis de terror, tumbarse en la hierba del parque y morirse de risa puntuando a las chicas que pasaban.

—Sí —dijo sin saber cómo.

Las piernas no le respondían. Le pareció que había cierto placer maligno en el ofrecimiento de la madre de Aina, una retorcida necesidad de distribuir el sufrimiento. Empujó la puerta sin atreverse a mirar a esa persona, tan parecida a Aina y, a la vez, tan radicalmente diferente, que dormitaba enchufada a una máquina encargada de regalarle oxígeno artificial y una vida de mentira.

—Rebeca. —La voz de Malena sonó a sus espaldas. La rodeó por la cintura. El calor de su contacto la reconfortó instantáneamente—. Siento el retraso.

—¿Qué traes ahí?

Malena mostró el lomo de un libro. *Ana Karenina*. Santana empujó la puerta con bríos renovados. Tomaron asiento, cada una a un lado de Aina.

—Bueno, Aina —empezó Malena—, me acordé de que estuvimos hablando de Tolstói una noche entera en la terraza del Axel, el verano pasado, mientras Virginia y Rebeca disertaban sobre terapias y cosas de esas tan divertidas, ¿te acuerdas? He pensado que sería un buen momento para reencontrarnos con Ana, Vronsky, Levin y Kitty. —Carraspeó. Buscó los ojos de Santana, que la contemplaban con absoluta adoración, y sonrió—. Vamos allá.

Una sensación de euforia acompañaba cada ademán de Vázquez, cada pequeño gesto que aumentaba una capa el maquillaje o perfilaba sus labios. Estaba ansiosa por ver a Alejandro e intrigada por saber de dónde había salido esa ansiedad de quinceañera y si podría ser el preludio de algún sentimiento más preocupante. Sonó el teléfono y el corazón de Vázquez se encabritó. Aguardó expectante a que Vero contestase. Pasaron los segundos y no llegó el consabido «¡Mamáááá!», lo que significaba que quien quiera que fuese no era Alejandro anulando el encuentro. Suspiró aliviada. El espejo le devolvía una imagen amable, restaurada con la ayuda de los cosméticos. Debajo de ella se ocultaba la mujer que pronto dejaría de ser. Los primeros vestigios de la vejez estaban ahí, sepultados por el carísimo maquillaje. Se quitó de encima el pensamiento antes de que anidase en su cabeza y le estropease la velada. Recogió apresuradamente el kit de emergencias compuesto por un vaporizador de perfume, unas toallitas íntimas, unas braguitas de recambio y el cepillo de dientes, y lo metió en el bolso.

Tras el reencuentro con Tolstói, Santana contaba con pasar una noche tranquila en el sofá, acurrucada en los brazos de Malena, viendo alguna película entretenida, a poder ser sin policías ni asesinos psicópatas, sin embargo sus planes se vinieron abajo en cuanto entraron en casa. El embrión de una idea revoloteaba insistentemente por su cabeza. Malena se avino a lo inevitable. La conocía. Si se quedaba en casa con una idea bullendo en la sesera, estaría inquieta y dispersa.

—Ve a comisaría, pero ya puedes ir pidiendo las vacaciones. No te olvides.

—Prometido. —La besó largamente—. Nos iremos a Londres y te dedicaré el cien por cien de mi tiempo. Te quiero. Eres la mejor —añadió con una sonrisa irreprimible.

—¿Me querrás igual cuando se me caigan el culo y las tetas y me quede hecha un pingajo?

—Claro que te querré igual.

—¿Seguro?

—Seguro. Serás una de esas ancianas elegantes, con mucha clase, y seguiré loca por ti.

Le gustaba trabajar de noche en la unidad, sumida en una calma irreal y plácida. Una luz roja parpadeaba en su cerebro sin que entendiera muy bien por qué. Abrió el expediente del caso Ferrándiz, sus propias notas, los informes forenses, de la Policía Científica y de Delitos Sexuales. Puso en marcha el ordenador y volvió a repasar las fotos de seguimiento tomadas en los aledaños de la Escuela Industrial. Había algo en esas fotos. Lo presentía. Aina y Luisa trabajaban muy cerca de allí, Mireia vivía a pocos minutos. Silvana no tenía, a priori, ningún motivo para frecuentar la zona. Pero ¿por qué todas las fotos estaban hechas exactamente en la misma manzana? Volvió a repasar los mapas, el plano urbano y de Google Earth. Descolgó el teléfono y llamó a Virginia.

—Siento molestarte, cariño. ¿Qué crees que podría estar haciendo Aina enfrente de la Escuela Industrial? ¿Te dice algo?

—¿Enfrente de la Escuela Industrial?

—Urgell, entre Còrsega y París.

—Pues supongo que iría al banco. ¿Por qué lo preguntas, Rebeca?

—¿A qué banco?

—A la oficina de Caja Hispania, está justo frente a la Escuela Industrial. Aina tiene cuenta allí. Le queda al lado del trabajo. ¿Qué pasa?

—No pasa nada. Muchas gracias, Virginia. Mañana te llamo. Un beso.

Empezó a revolver frenéticamente entre sus papeles.

—Dios mío, no puede ser. No puede ser.

La capacidad de un hombre para mantener el pulso de una conversación amena era requisito indispensable para que Vázquez se sintiese tentada de intentar un acercamiento. Alejandro partía con una importante ventaja. Era físicamente muy atractivo e intelectualmente interesante. Se excusó para ir al baño. Empezaba a parecerse a Santana, con su enojosa tendencia a encontrar virtudes en todo el mundo. Alejandro no podía ser perfecto. Tendría fallos, seguro, tal vez enormes. Algún desajuste mental que lo haría poco recomendable. La fe de Vázquez en el amor flaqueaba desde que supo por una amiga caritativa que Marcos se estaba viendo con una de sus ayudantes del despacho, una becaria pocos años mayor que su hija. Cuando todo acabó entre ellos, como era previsible que acabase, o sea, fatal, el derrumbe fue descomunal. Su fe en el amor pasó a mejor vida. La puerta de acceso a su corazón quedó blindada, asegurada contra guaperas coleccionistas de mujeres. Nadie tenía posibilidad de echar por tierra el blindaje. ¿O sí? Se repasó el rímel, confusa, y regresó a la mesa.

—¿Todo bien, Miriam?

—Sí.

—¿Pedimos la cuenta? Podemos tomar el café en otra parte.

—¿Dónde? —Se puso en guardia en plan dóberman.

—En un café pequeño que está cerca de aquí. El capuchino es buenísimo.

—Bien —se relajó—, estupendo. Cada uno paga lo suyo —propuso, sacando la cartera.

—Se suponía que era una invitación, mujer.

—Nada de eso. A medias. —Se apuró a abrir la cartera con ademán demasiado brusco. El contenido se desperdigó por el suelo. Maldiciendo, se inclinó a recoger las tarjetas de crédito diseminadas bajo la mesa.

—Está bien, está bien. Como quieras —accedió Alejandro, incorporándose al rescate de la documentación—. Toma. —Le alargó una tarjeta de visita—. ¿Lo tienes todo?

El embrión iba tomando forma, una forma difusa y poco clara que, sin embargo, insinuaba sus contornos. Santana descolgó de nuevo el teléfono y realizó varias llamadas. Cuando finalizó, repasó de nuevo la información recabada y llamó a su compañera.

—Miriam, las cuatro víctimas de Barcelona tenían cuenta en la misma sucursal de Caja Hispania. Si es casualidad, me compro la discografía entera de Georgie Dann.

La mirada de Vázquez se quedó pegada a la tarjeta de visita que Alejandro había recogido del suelo. La observaba fascinada, como si se tratase de un objeto desconocido arrojado desde otro planeta.

—¿Caja Hispania, dices? —Vázquez salió a la calle, seguida, prudencialmente, por un Alejandro estupefacto—. Matías Solana trabaja en Caja Hispania. Tengo en la mano la tarjeta de visita que me dio en comisaría.

—¿En qué sucursal?

—La de la calle París.

El golpe de gracia

Convencer a Pinzón de que Solana era el cerebro y el ejecutor de los asesinatos no fue empresa fácil.

—Veamos, Santana, dónde me he perdido. Hace cuatro días me dijeron que la hermana de Ferrándiz era el cerebro y ahora resulta que no, que el malo es Solana y que ella es una víctima. La semana siguiente ¿quién será el cerebro, Osama Bin Laden? Ah, no, que ya está muerto. Menos mal. No hay huellas de Solana en la cabaña, y aunque las hubiera, no sería nada del otro mundo, puesto que es propiedad de su familia, ni hay ningún rastro suyo en las víctimas. Tenemos la declaración de la tal Paqui de que estuvo con ella el domingo. No hay absolutamente nada que lo relacione con los crímenes.

—Señor, las cuatro víctimas de Barcelona tenían cuenta en la sucursal de Solana. No me diga que eso no es significativo.

—Puede que Ferrándiz rondase por allí y las viera —refutó—, no significa necesariamente que Solana esté implicado.

—Le pido un voto de confianza, señor. Déjeme que le explique, por favor. Asumo que no hemos estado del todo finos con este caso, pero aún lo podemos resolver satisfactoriamente.

—Tiene dos minutos para convencerme. Ni uno más.

Santana tomó aire y buscó el apoyo silencioso de Crespo y Vázquez, que asintieron con la cabeza, infundiéndole ánimos.

—Ferrándiz es un violador de pura cepa, no un asesino. Las mujeres atacadas en Tarragona no fueron asesinadas. De hecho, sabemos que usaba pasamontañas. Protegía su identidad porque no tenía intención de asesinar a Marina Guerra ni a Olga Zdevereva, en un principio. Los asesinatos comenzaron aquí, en Barcelona, cuando Ferrándiz y Solana se reencontraron. Probablemente, Solana había fantaseado obsesivamente con la idea de asesinar, pero no tenía el valor de hacerlo. Era, por decirlo de algún modo, un asesino pasivo. Su amigo de infancia le vino caído del cielo. Un bruto, un sádico, un tipo violento incapaz de relacionarse normalmente con las mujeres, obsesionado con su hermana y, muy probablemente, con una disfunción eréctil que lo atormenta y le impide mantener relaciones sexuales satisfactorias. Es justo lo que Solana, inteligente, refinado y retorcido, necesitaba. Puso a disposición de Ferrándiz un escondite perfecto, apartado del mundo e insonorizado, le sirvió en bandeja a las víctimas; a cambio, él no se ensuciaba las manos. Realizaba, por fin, sus fantasías enfermizas sin dejar huellas, sin que su ADN estuviera en el cuerpo de las mujeres asesinadas. Un plan perfecto.

Si algo salía mal, todas las sospechas recaerían sobre Ferrándiz. Solana interpretaría a pies juntillas el papel del amigo horrorizado y quedaría impune, y por si acaso, guardaría un as en la manga, un seguro de vida: Anabel Ferrándiz, la perdición de su hermano. José Luis no implicará a Solana. Se comerá solito el marrón por temor a que le haga daño a su hermana. Quiero entrevistarme con él, darle coba y alimentar su ego, es la manera de que se confíe y nos lleve hasta Anabel antes de que la mate y desaparezca.

Pinzón repiqueteó con los dedos en la madera de su mesa.

—Es usted muy persuasiva, subinspectora, cuando se lo propone. —Se pasó la mano por el estómago, que, pese a las raciones de acelgas, apenas menguaba de volumen—. Está bien. Dios quiera que no me arrepienta de esto. Hablaré con el juez. No quiero ninguna filtración. Oficialmente, este caso está cerrado y Ferrándiz es el único imputado.

Matías Solana compareció ante Santana luciendo su habitual imagen pulcra y refinada, recién afeitado y sonriente. Tomó asiento con sumo cuidado de no arrugar su traje gris perla y miró a la subinspectora con cordialidad desde el azul celeste de sus ojos. El encuentro, por iniciativa de Santana, tuvo lugar en un restaurante informal, próximo a la sucursal bancaria. Le interesaba propiciar un clima distendido, fuera de la oficialidad de la jefatura.

—Estoy encantado de conocerla, subinspectora. —Estrechó su mano—. Su compañera es un pelín brusca. —Consultó la carta—. ¿Tiene apetito?

Santana luchó contra el nudo que amarraba sus tripas. No podría probar bocado en compañía de Solana.

—Ando con el estómago algo revuelto —se excusó con una sonrisa de segunda mano—. Tomaré un agua con gas.

—Yo almorzaré, si no le importa. Estoy hambriento.

Sus modales exageradamente corteses eran cargantes. Todo en él era empalagoso como un empacho de merengue. Era comprensible que Vázquez no lo soportara.

—Tengo entendido que Ferrándiz y usted se conocen desde niños.

—Así es. Mi familia tenía varias carnicerías en el mercado de la Concepció y en el de Santa Caterina. Mercedes, la madre de Jose, trabajaba codo con codo con mi madre en el de la Concepció. Era su dependienta de confianza. Estuvo con ella más de diez años. Jose y yo jugábamos juntos. Luego, a su padre lo trasladaron a Tarragona.

Solana hizo una seña al camarero y pidió la comida y el agua de Santana.

—¿Siguieron en contacto?

—Apenas. Los visitábamos de uvas a peras. Nos invitaron a la comunión de la niña, de Anábel —rememoró—. Nuestras madres se telefoneaban de vez en cuando y se mandaban felicitaciones de Navidad. Nosotros ya solo nos vimos en entierros; en el de papá, en el de Mercedes y, por último, en el funeral del padre de Jose, el verano pasado.

—Y retomaron el contacto.

Solana asintió.

—Me enteré de que Jose trabajaba de cuidador y

que ni siquiera tenía contrato. Le comenté que estábamos buscando a alguien que cuidase a mi madre. Pactamos las condiciones y en quince días se incorporó.

Trajeron las bebidas y poco después el pescado. La conversación se interrumpió unos segundos. El malestar físico de Santana crecía por momentos. Dudaba seriamente que su organismo aguantase mucho más aquella farsa.

—Le seré sincera, Matías. Estoy preocupada por Anabel Ferrándiz.

—¿Siguen sin localizarla? —Chasqueó la lengua—. No me extrañaría nada que haya salido pitando, con todo este alboroto.

Santana hizo una pausa premeditada. Solana a duras penas lograba refrenar su curiosidad.

—Creemos que puede estar implicada en los asesinatos —soltó al fin.

El director del banco mutó la expresión. Santana creyó intuir una sonrisa apenas perceptible asomando a sus labios, aunque muy bien pudieron ser figuraciones suyas. En todo caso, si hubo ensayo de sonrisa, la sustituyó rápidamente por una estudiada impostura de indignación y sorpresa. Habría sido un actor estupendo.

—Es más —prosiguió la subinspectora—, no descartamos que sea la autora material de las estrangulaciones.

—¡Qué barbaridad! Están completamente equivocados, subinspectora. Completamente.

—¿De veras?

—La seguridad completa no es que la tenga, claro

—vaciló, para dar más credibilidad a su actuación—. Nunca se conoce del todo a nadie. Anabel... es una chica estudiosa y sensata. Y además, es tan joven..., casi una niña. La verdad es que estoy bastante desconcertado. ¿Lo normal no sería dar por hecho que Jose ha violado y asesinado a esas mujeres?

—Ferrándiz es demasiado bruto —explicó, haciendo un esfuerzo titánico—. Si las hubiese matado él, lo habría hecho a golpes. Es su naturaleza. En cambio, las víctimas murieron estranguladas con sus propias bragas y no hay ni una sola huella, que no sea de Ferrándiz, en el cuello. No, Matías, nos enfrentamos a una mente mucho más refinada que la de José Luis. Una mente privilegiada. —Escogió las palabras a conciencia para que él las paladeara y se regocijara en ellas—. Necesito que me ayude a encontrarla. ¿Puedo contar con usted?

—Naturalmente. —Solana se hinchó como un pavo de Navidad—. Para lo que haga falta —aseguró, hincando el diente al filete de mero.

La vigilancia sobre el director del banco se puso en marcha inmediatamente después de que Santana saliese por la puerta del restaurante. A toda prisa, la subinspectora se dirigió a la fiscalía. Abordó al fiscal encargado del caso y le expuso su propuesta. La espera se hizo eterna. Santana y Vázquez se ocuparon del asesinato del danés y a las ocho dieron por terminada la jornada. La mañana siguiente siguieron esperando, hasta que, cerca de la una, sonó el móvil de Santana. Robles y Vázquez se abalanzaron sobre la pantalla. Santana fue más veloz. Se hizo con el aparato.

—Es él —confirmó—. Es el fiscal. —Puso el altavoz—. Dime, Rojas.

—Ferrándiz y su abogado han accedido. —Vázquez cerró los puños y Robles, flemático hasta en los momentos más intensos, se limitó a cabecear con una media sonrisa—. Te esperan esta tarde, Santana. A las cinco en punto.

—Allí estaré. —Y, dirigiéndose a Robles, dijo—: Necesito que el comisario me levante la prohibición de acercarme a Ferrándiz, jefe.

—Yo me encargo, Santana. Delo por hecho.

Al natural, Ferrándiz era aún más impresionante. Sus rasgos de simio adquirían proporciones enormes, de gorila montañés. En su mirada hervía una rabia que Santana había visto en otros ojos. En los chicos del centro, en la mirada desquiciada de Anaïs aquel mediodía en la azotea. La mirada del que no confía en nadie, de la frustración y la rabia. Las personas frustradas son peligrosas. Santana lo sabía muy bien. El abogado rompió el clima de tensión con un apretón de mano cálido.

—José Luis, soy la subinspectora Santana. Sabemos que Matías tiene a tu hermana.

—Matías es mi amigo —replicó, bajando la vista.

—La tiene retenida para que tú no lo delates, ¿verdad?

—Es mi amigo.

—¿Dónde la tiene, José Luis? ¿Lo sabes?

El abogado habló al oído de su cliente. Ferrándiz cambió la expresión de la cara y el tono de voz. De repente había recuperado un grado de inteligencia normal.

—No lo sé.

—¿No se te ocurre ningún lugar?

Meneó la cabeza.

—Si sabe que hablo con vosotros, la matará.

—No lo va a saber. Lo estamos vigilando. Ahora mismo está en casa de su tía. Si nos ayudas, encontraremos a tu hermana y Solana irá a la cárcel. Háblame de cuando erais pequeños. De Matías y de ti.

—Jugábamos en casa de su abuelo.

—En la cabaña del bosque.

—Sí. Su abuelo fue mi maestro.

Santana se removió inquieta. Apeló a toda su serenidad y preguntó:

—¿Qué es lo que te enseñó?

—Todo lo que sé. Le gustaban las niñas.

El abogado cruzó con Santana una mirada de repulsión.

—¿Niñas de qué edad? —Tragó saliva.

—Pequeñas. No sé, de diez años o así.

—¿Qué les hacía?

Ferrándiz soltó una sonrisa aviesa.

—Se las follaba. Yo le traía niñas del pueblo. Con el tiempo se volvió arriesgado y empezamos a ir de caza, más lejos. Yo era el anzuelo. Las niñas no desconfiaban de un niño de su edad. Les poníamos unos polvos en la leche de la merienda para que se quedaran dormidas.

—¿Matías también?

Negó con la cabeza.

—Matías era un marica. Le tenía miedo a su abuelo. Se iba a jugar por ahí, al bosque, a matar animalitos como una nenaza. Les retorcía el cuello a los conejos y a las liebres. Una vez, una de las niñas del pueblo no se despertó. Se llamaba Natalia. Era rubia, muy bonita. Se quedó muerta en la cama. Supongo que le pusimos demasiados polvos. La enterramos en el bosque, el abuelo de Matías y yo. Lo sentí mucho cuando murió el viejo. Lo quería.

—¿Tú también tocabas a esas niñas?

—Al principio no, era muy pequeño. Después ya sí, pero pocas veces. El viejo ya estaba muy enfermo. «No las mates», me decía, «Deja que vivan con tus huellas en su cuerpo para siempre. Es el regalo y el castigo.» El regalo y el castigo. Me gusta.

—Volvamos al presente. ¿Qué pasó cuando Matías y tú os reencontrasteis el verano pasado?

—Fuimos a la cabaña. Me trae tan buenos recuerdos aquel lugar... Estuvimos bebiendo toda la noche. Cada vez que yo proponía un brindis por el viejo, Matías brindaba a desgana. Le mosqueaba. Al final estalló: «A tomar por culo el viejo», gritó, y casi acabamos a hostias, pero quedó en nada. Le expliqué que había aprendido mucho de su abuelo, que no debía hablar así de él, que era un gran tipo y la inspiración que había sido para mí. Le pregunté a Matías si aún mataba animales. Dijo que no. Que lo que le ponía de verdad era simular estrangulaciones cuando estaba con una tía. Una novia que tuvo estuvo a punto de denunciarlo porque se le fue la mano y casi la palma. Al final, el padre de Matías llegó a un acuerdo económico con ella. Estábamos un poco borrachos y le dije que la próxima que me trincase dejaría que la rematara. Nos reímos y estuvimos bromeando. Matías no me tomó en serio. A la mañana siguiente lo llevé al banco. Había una tía esperando para hablar con él. Me recordaba a una furcia que me dio calabazas en el instituto.

—¿Era Luisa Benavente?

—Sí. Matías me proporcionó el nombre, la dirección. La estuve siguiendo. Cuando lo tuve todo preparado le dije que sería al día siguiente. Me siguió el rollo. Creo que pensaba que aquello no era real, que al final no sucedería.

—Pero sucedió.

Los ojos de Ferrándiz brillaron de entusiasmo.

—La cogimos cuando salió del trabajo. Fue pan comido. Matías estaba de los nervios. La llevamos a la cabaña y... ya sabe lo que pasó. ¿O quiere que le cuente los detalles?

—Matías la estranguló.

—Eso fue al final. Lo bueno lo hice yo —se pavoneó orgulloso.

—Con un cuchillo, ¿no? Porque no se te levanta, ¿verdad, José Luis?

—Es un problema temporal. —Masticó las palabras con rabia.

—No sé por qué, me cuesta mucho creerte.

—¡Cuando quieras te lo demuestro, zorra!

Santana guardó la compostura.

—José Luis, cálmate —medió el abogado.

—¿Cómo reaccionó Matías con Luisa? —Santana prosiguió como si tal cosa.

—Le gustó matar. Y ya no pudo parar. Sabía que sucedería. Lo vi en sus ojos la primera vez que estranguló a un conejo, allí en el bosque.

—Utilizaba guantes.

—Siempre. Es muy asqueroso, ¿sabes? Todo le da

asco. Se ducha cinco veces al día. Usa desinfectante para lavarse las manos. No quería tener contacto físico con ellas. Eso decía. Qué tío más raro.

—¿No pensaste que a lo mejor era para no dejar huellas?

—Me la soplaba que dejara huellas. —Se miró las manos de primate.

—¿Y eso por qué?

—Porque lo tengo todo grabado —remachó con una expresión de triunfo.

El abogado saltó como un resorte.

—No me habías dicho nada de eso, Jose.

Santana recuperó las riendas de la conversación.

—¿Matías ignora que existen esas grabaciones?

—Su abuelo instaló unas cámaras en la habitación blindada. Me limité a modernizar la instalación y a usarla. Matías no lo sabe. Está todo grabado.

—¿Dónde guardas esas grabaciones?

—Encuentren a mi hermana. La tendrá por el bosque. Aquello está lleno de refugios, hay cabañas vacías. Es una zona fantástica para esconder a alguien. Cuando Anabel esté a salvo, les diré dónde guardo las cintas. Ese cabronazo no puede irse de rositas. Me ha traicionado. Yo no se lo habría hecho a él. No se le hace eso a un amigo.

Santana hizo de tripas corazón. Las imágenes de Aina en la sala de torturas desfilaron por su cabeza. Sintió un mareo incipiente y respiró hondo un par de veces.

—¿Se encuentra bien, Santana? —se interesó el abogado de Ferrándiz.

La subinspectora asintió.

—¿Qué pasó con la última víctima?

—Que mi foto salió en la tele. Estuve con ella pasándolo bien durante horas. —Santana apretó los puños con tanta fuerza debajo de la mesa que se clavó las uñas en las palmas de las manos y se hizo sangre—. Debía darle un toque a Matías cuando estuviera listo, para que diera el golpe de gracia.

—¿Era el procedimiento habitual?

—No siempre. La tonta del culo con la que va, una tal Paqui, andaba sospechando que, cada fin de semana, Matías desapareciera. Acordamos que se quedaría con ella y que el domingo por la tarde lo llamaría. Allí arriba no hay cobertura. Me acerqué a la gasolinera para llamar a Matías y comprar unos refrescos, y entonces vi que me había dejado un mensaje. Lo escuché y ya no volví a la cabaña.

Pasó a otro tema doloroso.

—¿Mataste a Olga Zdevereva?

—José Luis, no respondas a eso —aconsejó el abogado.

—Da igual. Ya no importa. Sí. Le partí el cuello, a esa zorra rusa. Me vio la cara cuando me la zumbé en su casa. Me quité el pasamontañas porque me estaba ahogando. Le había arreado fuerte y en teoría debía estar inconsciente, pero estas tías de por allí aguantan lo nunca visto, abrió los ojos y me vio. Le volví a dar y perdió el sentido. Pensé que no había tenido tiempo de verme bien, y va la hijaputa y pone la denuncia. La esperé a la salida del club y le dije que si hablaba iría a Rusia y violaría a todas las mujeres de su familia y luego los mataría a todos, niños, mujeres, hombres y viejos, y que mataría a su compañera de piso. Se acojonó y la retiró.

—¿Cómo te enteraste de que estaba colaborando con nosotros?

—Mi hermana siempre ve las noticias del canal local de Salou, por Internet. Una de las presentadoras era vecina nuestra y le hace gracia verla. Me contó lo que había visto, en el boletín de las once y pico, sobre esa puta, que su caso podía estar relacionado con el del «Violador del cuchillo». Llamé a Matías y se lo conté. No quería saber nada. El muy mamón decía que eso no iba con él. Al final lo convencí. Ese mariconazo me tiene miedo. —Soltó una carcajada—. Fuimos a Salou en su coche, a primera hora. Matías llamó al timbre y se hizo pasar por inspector del gas. La muy lerda abrió la puerta y me la cargué.

Cerco al asesino

La mañana amaneció teñida de negro. Un cielo oscuro como la boca del lobo secuestraba al sol. Santana se levantó de puntillas. Malena se revolvió entre la ropa de la cama. Había tomado la decisión de no hacerla partícipe de su plan. Ponerla al corriente solo habría provocado una discusión totalmente estéril, puesto que, pese a las airadas objeciones de Vázquez, había obtenido el beneplácito de Pinzón para llevar a cabo la arriesgada maniobra que desenmascarase a Matías Solana, y nada ni nadie, ni siquiera Malena, haría que se echara atrás. Se lo debía a Aina y a Virginia, a Olga y Alexei, a la madre de Mireia, a los hijos de Silvana y a Osvaldo, a los niños de Luisa. Salió del dormitorio con la ropa en la mano, sin encender la luz. Caminó con mucho sigilo al baño, se duchó. Entreabrió la puerta de la habitación. Cada vez que salía de casa, grababa sus rasgos en la mente, su tacto, su sabor y su olor. Por si no volvía a verla más. No tenía intención de despertarla, pero no pudo resistirse a darle un beso de despedida en los labios. Malena murmuró algo que a Santana le sonó como «Tengo frío». La arropó bien y se marchó a encontrarse con un asesino.

Solana había insistido en que emprendieran el camino hacia el parque natural a bordo de su coche. Santana, por orden explícita de Crespo, denegó la propuesta amablemente y alegó que prefería ir en su propio vehículo. Matías aguardaba estacionado en una zona de carga y descarga de la plaza Letamendi.

—Subinspectora, no la había reconocido. Cuando dijo «vehículo» di por hecho que se refería a un coche. Va a pasar frío.

—Voy bien equipada. ¿Nos vamos?

En el Montseny, los primeros rayos del sol apenas traspasaban la espesura de los árboles y el ambiente era gélido. Dejaron el coche y la moto al comienzo del camino y echaron a andar. Sus compañeros estaban en alguna parte, cerca de la casa y en los aledaños de la fuente, vigilando sus movimientos. Imaginaba a Crespo tomando sus pastillas para la acidez de estómago y a Vázquez jurando en voz alta. Se sintió algo más segura al pensar que estaban por allí, que no estaba sola a expensas de un asesino en mitad del bosque. Pensó en Malena, desnuda bajo la calidez del edredón, y un relampagueo de arrepentimiento cruzó su mente. Deseaba más que nada en el mundo salir corriendo del bosque, del frío, de la mirada azul celeste de Solana y despertarse al abrigo de sus brazos.

—Esto está muy solitario —dijo el director del banco, y su aliento formó una nube blanca.

—Sí.

—Suerte que conmigo está segura.

Santana no consiguió sonreír. Anduvieron un buen trecho en silencio.

—¿Dónde ha dicho José Luis que ha escondido las grabaciones? —preguntó en un tono que quiso ser casual, desinteresado.

—Cerca de la fuente, junto a la laguna.

—Ajá. Las encontraremos.

—Estoy segura. Esas grabaciones demostrarán que los hermanos Ferrándiz actuaban en equipo.

—Si usted lo dice, subinspectora... ¿Cómo es que no ha venido su compañera?

—¿Para qué? Usted es de confianza, Matías.

Siguieron caminando, adentrándose en el corazón del bosque. Ese no era el plan. Debía evitar el bosque a toda costa. Sus compañeros no podrían verla, ni mucho menos protegerla. Solana podría estrangularla en cualquier momento. La luz menguaba entre la frondosidad del follaje y el silencio se hacía más impenetrable. Santana detuvo el paso con el pretexto de asegurar la hebilla de la bota. El pánico empezaba a dominarla. No podía consentirlo. El plan era nefasto e insensato. Vázquez tenía toda la razón del mundo. Por muy cerca que estuvieran sus compañeros, no existía garantía de que llegasen a tiempo. Estaba sola con un psicópata en medio de una arboleda infinita. Esa era la cruda realidad. Buscó argumentos que la calmasen, y los encontró. Solana no la mataría en el bosque. Necesitaba hacerse con las presuntas grabaciones. Una vez las tuviera en su poder, no habría ninguna prueba contra él. Y entonces la mataría. El bosque la ahogaba. Las copas de los árboles parecían cernirse sobre ella. Procuró acompasar su ritmo cardíaco. Manipuló la hebilla y se levantó bajo la atenta mirada de Solana. El camino como tal había desaparecido engullido por las copas de los árboles, recias como cuellos de toro, y la tela de araña que tejían los ramajes engarzados unos a otros. Cada vez respiraba peor. La ansiedad la estaba desbordando. ¿Iban en la dirección correcta?

—Matías —dijo tratando de controlar el pánico—. El otro acceso permitía aparcar más cerca de la cabaña, ¿no?

—Está lleno de barro y es muy fácil quedarse atascado. Por eso he preferido tomar este camino. Por aquí se ataja mucho. ¿Está cansada?

—No, no. Estoy bien.

—Ya llegamos. La cabaña queda a unos doscientos metros. El bosque puede angustiar un poco si no se está habituado.

Por fin, un quicio de luz se coló entre el follaje. La arboleda tocaba a su fin. Sin querer, Santana aceleró el paso. Fue un error. Un síntoma de miedo que a Solana no le pasó desapercibido. Rectificó, pero ya era tarde. El asesino sabía que estaba asustada.

—Ya estamos cerca. —Mostró su sonrisa de falsa bondad—. A Jose le gusta mucho el paraje de la fuente, desde chico. Sí, es un buen lugar para ocultar las cintas.

La cabaña emergió con la luz, en un claro del bosque, como un oasis en medio del desierto. Todo parecía excepcionalmente quieto. Bordearon la construcción de madera y la rebasaron. Había compañeros muy cerca. Todo saldría bien. A sus ojos se abría una pradera salpicada por tres o cuatro árboles y una alfombra roja y blanca de amapolas y margaritas. Al fondo, la laguna y la fuente de piedra con su muro. A campo abierto se sintió algo menos desprotegida. La estampa traía recuerdos de infancia, de excursiones al campo con el colegio. Le habría gustado tumbarse en la hierba alta y húmeda, bajo el sol, y deshojar margaritas. ¿Me quiere? ¿No me quiere? Sin la mampara de los árboles, el sol calentaba con fuerza en el prado. Notó la humedad en las axilas. El ruido de la fuente que se escuchaba de fondo despertó una sed abrasadora.

—¿Hace mucho que es policía?

—Algo más de año y medio.

—¿Le gusta?

—Sí. Se ven cosas muy duras y hay que tratar con sujetos muy perturbados. —Lo miró con expresión inocente—. En general sí que me gusta. Cada caso es un reto y eso me mantiene viva.

—¿Ha conocido a algún asesino en serie? Perdone la curiosidad.

—Por ahora, solo a uno. Los asesinos en serie son poco frecuentes, al menos en España. En los Estados Unidos parece que tienen un vivero. Normalmente, la gente mata por celos, por dinero, por miedo a que se descubra algún secreto o por venganza. Es poco usual matar a desconocidos.

—¿Cómo era el asesino en serie que conoció? ¿Parecía un tipo normal en el que se confiaría? Alguien como yo, por ejemplo.

El juego se ponía peligroso. La fuente estaba a poco más de cincuenta metros. Una fracción de la unidad estaría en los alrededores, entre los matorrales. Debía aproximarse lo máximo posible.

—Sí, parecía normal —respondió acariciando la funda de la pistola—. Es más, al principio no se nos ocurrió que pudiera ser un asesino. Era un tipo muy educado y amable.

—¿Era inteligente?

—Mucho.

Solana sonrió complacido.

—¿En qué categoría de asesinos entraría su madre? En la de celos, creo yo.

La subinspectora se frenó en seco. Los ojos azules de Solana hacían juego con el cielo. Nadie desconfiaría de un hombre con ojos de ese color.

—Sería una combinación de celos con despecho, que es una subcategoría de la venganza —puntualizó Santana.

—Leí que es usted criminóloga y psicóloga. Todo está en Internet hoy día. Se ha perdido el misterio. ¿Sintió miedo del asesino en serie?

—Un policía que no tenga miedo es un irresponsable. Claro que sentí miedo, pero lo controlé. El miedo no es malo, te hace estar alerta. Lo malo es que te venza, entonces te vuelves vulnerable.

Por fin llegaron a la fuente. Santana se inclinó y bebió un trago enorme de agua casi congelada.

—Podemos empezar por el muro. Detrás de las piedras es una buena opción —propuso secándose la boca. Solana estuvo de acuerdo. Iniciaron la búsqueda, cada uno en un lado del muro. Santana prolongó el paripé un poco más, moviendo piedras y poniéndolas de nuevo en su lugar. Pasados unos minutos, desenfundó la pistola y respiró hondo—. ¡Están aquí! —Le mostró una bolsa de plástico manchada de tierra que previamente sus compañeros habían enterrado.

Solana se acercó presuroso, colorado por el esfuerzo. Santana tuvo la impresión de que llevaba algo en la mano. Tal vez una cuerda o un pañuelo para estrangularla. Tendría que medir muy bien sus movimientos, o no vería nunca más a Malena, y su abuelo se quedaría solo y desamparado. Sus compañeros no actuarían a menos que Solana intentase atacarla.

—Vaya, las ha encontrado, subinspectora. Qué rápida.

—Ha sido suerte. Tengo que irme corriendo a jefatura para visionarlas.

Solana no parecía decidirse a pasar a la acción. Algo iba mal. Seguía sonriendo con su aspecto angelical de monaguillo.

—Es usted muy inteligente, subinspectora.

¿Recelaba?

El ruido de un motor asfixió el canto de los pájaros y el suave rumor del agua. Solana no movió ni un músculo. Lo que significaba que esperaba a alguien. Santana se giró en dirección al ruido. Le costó un poco localizar la procedencia del sonido, a campo abierto los decibelios se dispersaban. Puso la mano en visera para protegerse del sol. Un *quad* de color rojo avanzaba hacia ellos a toda velocidad. Santana y el asesino se miraron, cada uno escondiendo en la espalda el arma, ella la pistola reglamentaria, él la cuerda.

—¿Esperamos a alguien, Matías?

—¿Por qué no me da esa bolsa?

—¿Cómo dice?

—Vamos, vamos, subinspectora. No se haga la tonta conmigo. Sabe perfectamente que Anabel no aparece en esas grabaciones.

—¿Ah, no?

En ese momento lamentó no llevar un transmisor. Solana estaba a punto de confesarse autor de los asesinatos. Tras una férrea discusión con Crespo y Robles, se había salido con la suya. Sería arriesgado llevar transmisor, y además, las continuas interferencias y la mala cobertura de una zona tan elevada y boscosa no garantizaba que a la hora de la verdad funcionase correctamente.

—Me temo que no.

El *quad* derrapó a los pies de Santana, levantando una nube de polvo que Solana aprovechó para abalanzarse sobre ella, desarmarla y ceñirle la cuerda alrededor del cuello. El conductor del *quad* le arrebató la bolsa y se hizo con la pistola que había caído al suelo durante el forcejeo. ¿Dónde diablos estaban sus compañeros? Comprendió que debería valerse por sí misma. La presión del cuello era insoportable, el aire la estaba abandonando. Por la posición de los cuerpos, lo más práctico sería utilizar el pie para desestabilizar la rodilla de Solana. Y así lo hizo. Levantó la pierna derecha y clavó el tacón de la bota con un golpe seco, hundiendo la rodilla del asesino. Solana profirió un grito desgarrador. Vázquez gritó a lo lejos.

—¡Alto, Policía!

El conductor del *quad* empuñaba la pistola de Santana, mirando por encima del hombro a los policías que ganaban terreno. No parecía saber qué hacer. Disparó a bulto. Afortunadamente, no acertó el tiro. Se giró hacia Santana, apuntándola. La subinspectora levantó la

pierna y le golpeó la mano. El arma cayó al suelo. Solana, dolorido por el fuerte impacto en la rótula, aflojó
la presión y uno de los extremos de la cuerda se le es-
currió entre los dedos. Santana aprovechó el impulso
y proyectó el codo a las costillas con toda la fiereza de
la que fue capaz. El agresor se tambaleó, Santana se liberó. No veía la pistola. El conductor subió al vehículo.
Solana, cojeando, se subió detrás. Vázquez, Llorens y
otros dos agentes hicieron fuego. El *quad* rojo desapareció entre la arboleda, zigzagueando.

—¿Dónde cojones estabais? —aulló Santana—, casi
me matan, joder.

—Ya te dije que era una mala idea —chilló Vázquez.

—No lo habría sido si hubieseis hecho las cosas bien.

Llorens, ajeno a la discusión, intentó comunicarse
con el otro grupo desplegado cerca de la cabaña. Después de varios intentos fallidos, lo consiguió.

—Solana ha huido en un *quad* rojo con otro sujeto
no identificado. Dirección este. —Caminó hasta Santana—. Debías salir de detrás del muro con la bolsa
en la mano para que pudiéramos verte, Santana. Te
has quedado ahí detrás y no te veíamos. No sabíamos si debíamos actuar o no. Corríamos el riesgo de
echarlo todo a perder y también de que estuvieses en
peligro. Aquí, tu compañera y yo casi llegamos a las
manos. Nos hemos decidido al ver el *quad*. No has
seguido las instrucciones, Santana —dijo sin acritud
y sin levantar la voz lo más mínimo—. Eres tú la que
no ha hecho las cosas bien. —Se alejó con los otros
agentes hacia los coches.

Vázquez se acercó a su compañera y le examinó el
cuello enrojecido.

—¿Te encuentras bien, Rebeca? Estaba desesperada por salir a rescatarte. Por poco le pego un tiro a ese gilipollas. Vamos, aún podemos pillarlo. Toma. —Le tendió la pistola y la rodeó por el hombro.

Los dos grupos se unieron en la pista forestal que se incrustaba en la parte más agreste del parque. El *quad* no se veía por ninguna parte, pero el ruido de su motor los guiaba a través de las montañas. Crespo y los agentes rurales dieron las consignas. Debían trazar un círculo, cada grupo por un lado, para cortarles el paso en la parte superior de la pista. Era el único modo. Vázquez condujo por la pista forestal de curvas endiabladas con la pericia de un piloto de *rally*. Segundos después, el *quad* apareció por un sendero trabado de piedras justo al mismo tiempo que el coche de Crespo y el resto de agentes viraba la última curva deslizándose sobre la gravilla hasta quedar peligrosamente cruzado entre la pista forestal y el precipicio. El *quad* hizo una maniobra brusca para evitar el impacto. Los dos ocupantes del vehículo salieron despedidos por los aires en direcciones opuestas. El conductor se aferró al manillar hasta el último momento, Solana, en cambio, saltó antes, doblado sobre sí mismo en posición fetal. Rodó ladera abajo. Santana bajó del coche a toda prisa. Tras ella, sus compañeros corrían como posesos. Cruzó los matorrales. El cuerpo del conductor estaba tendido sobre la hierba, boca abajo.

—Tengo a uno. —Le tomó el pulso—. Está inconsciente.

Le dio la vuelta con cuidado, desabrochó el casco sin quitárselo y levantó la visera. Una rama crujió a sus espaldas. De reojo, vio a su compañera. Se hizo a un lado.

—Te presento a Anabel Ferrándiz.

—¿Y Solana? —oyeron gritar a Crespo, junto al *quad*—. Debería de estar por aquí. Ha caído en esta dirección —bramó apartando los arbustos.

Escucharon el sonido de otro motor. Los agentes rurales y Llorens subieron al coche e intentaron darle caza cruzando la pista forestal en dirección al pueblo. Los demás corrieron en dirección al ruido. A unos doscientos metros, se toparon con un refugio de cazadores. El reguero de sangre delataba que Solana había pasado por allí. En el suelo, las huellas de unos neumáticos grandes y anchos hacían pensar que el asesino disponía de un vehículo de repuesto estacionado junto al refugio.

—Conduce un coche, puede que un todoterreno o un monovolumen. —Crespo transmitió la información a Llorens con bastante dificultad—. Lo tenía todo bien pensado. Incluso es posible que encontremos algún otro vehículo. Seguramente había cubierto todas las salidas posibles. Conoce esto como la palma de su mano. ¡Joder!

Crespo estaba en lo cierto. Hallaron otro vehículo, una motocicleta, en el extremo contrario del parque. Los controles de carretera fueron inútiles. Solana se esfumó.

La parte mala del negocio.

Anabel Ferrándiz se recuperó satisfactoriamente del accidente. Santana solicitó hablar con ella. Se encontró a una jovencita menos hermosa de lo que sus posados y sus aires de diva prometían.

—Tu hermano está deshecho. No esperaba que su amigo y su hermana lo traicionaran. Ha intentado quitarse la vida golpeándose la cabeza contra la pared del calabozo y se ha producido heridas graves. Está en cuidados intensivos.

—Está zumbado, mi hermanito. Lleva toda la vida detrás de mí como un perro en celo. Es asqueroso.

—¿Ha abusado de ti?

—Pobre de él. No me deja salir con nadie. Siempre anda espantando a todos los chicos que me rondan. Estoy más que harta.

—Y decidiste liarte con Solana. Tienes un ojo clínico para elegir, Anabel. De un tarado a otro y tiro porque me toca.

—Matías no es un tarado. Es listo y elegante, no un bruto como Jose. No tienen nada que ver.

—Algo sí tienen que ver. Se asociaron para violar y asesinar mujeres.

—Eso no es verdad —negó, segura de sí misma—. Jose intenta implicarlo porque está celoso de que Matías y yo estemos enamorados. —Hizo un mohín.

—Tu hermano ni siquiera sabía que tenías una relación con Solana. Iban a dúo. Matías las mataba, Anabel. Las estrangulaba con sus propias bragas. Tu hermano las violaba y él las asesinaba.

—Es mentira. Él no es así.

—Dime una cosa. Cuando te lo haces con Matías, ¿jugáis a ese rollo de que te estrangula?

—¿Cómo lo sabes?

—Soy adivina.

—Es excitante.

Santana accionó el mando a distancia del DVD. La pantalla se iluminó.

—Tu hermano guardaba las grabaciones en una caja de seguridad. En el banco de Solana. Hay que reconocer que tiene sentido del humor. Quiero que veas esto, Anabel. Este es el hombre del que estás enamorada.

La grabación correspondía al secuestro de Silvana Jaramillo. La secuencia elegida mostraba a Solana sonriendo y bromeando ante las vejaciones a las que su amigo sometía a una mujer indefensa, con el rostro desfigurado por los golpes, los dientes rotos, la mandíbula desencajada y el abdomen empapado en sangre. En un momento dado, el director del banco se acercaba a ella, con sus inseparables guantes de látex, manoseaba las bragas, las ponía alrededor del cuello de la víctima y la estrangulaba lenta y avariciosamente. Mientras la mataba, una erección monumental amenazaba con reventar su elegante pantalón de pinzas gris.

—¿Esto es excitante, Anabel? ¿Te parece excitante?

La hermana de Ferrándiz bajó la vista. Santana la obligó a mirar levantándole la barbilla.

—No te lo pierdas. Mira a tu amor, mira lo cachondo que está. Le excita ver a una mujer apaleada y medio muerta. ¿Cómo puedes dejar que un tipo así te ponga un dedo encima, Anabel? Comprendo que quieras huir de tu hermano, pero Solana no es la solución. Es un psicópata. Un manipulador. Por su culpa vas a ir a la cárcel. Le has ayudado a huir. Te vas a joder la vida. Es una pena. He visto tu expediente académico. Tienes una beca.

—Quítalo, por favor —susurró rompiendo a llorar.

—¿Ahora ya no es excitante?

Movió la cabeza de un lado a otro, pálida y desencajada.

—No. Así, no. Entre nosotros no era así. Era divertido. Solo era un juego. Nadie salía herido ni había golpes. Me dijo que era Jose el que violaba y mataba a esas mujeres y yo lo creí. Yo lo creí... —Se tapó la cara y las lágrimas se convirtieron en llanto.

—¿Dónde está Solana?

—No lo sé —barbotó.

—Matará a otras mujeres y se olvidará de ti. Tú te pudrirás en la cárcel, Anabel.

—De verdad que no lo sé. —Hipó y se sonó los mocos—. Me dijo... me... me dijo que lo tenía todo controlado. Nada más. Te lo juro. Que empezaríamos una vida juntos, lejos de aquí. Yo lo quiero, ¿sabes? No lo sabía, no sabía que era así. No lo sabía.

—Lo siento por ti, Anabel. De veras —dijo sinceramente.

—¿Qué va a pasar conmigo?

Santana apoyó la mano en el hombro de la chica.

—El juez lo decidirá.

Poco a poco lograron reconstruir los movimientos de Solana. Estaba confirmado que salió a la carretera a través de un camino secundario y llegó hasta Girona. Acorralado por los controles de carretera, tomó un tren hasta la frontera francesa. Lo siguiente que se supo fue que la cámara de seguridad de una gasolinera cercana a Nîmes había capturado su imagen repostando un coche alquilado que abandonó poco después.

—Todavía no me explico cómo pudo escapar. Tuvo que darse un golpe fenomenal.

—Conoce el terreno, Santana —señaló Llorens—. Es listo y encima ha tenido potra, el muy cabrón.

—Han pasado seis horas de esas imágenes —se lamentó Santana—. Ha tenido tiempo de sobra de cruzar toda Francia. Puede estar en cualquier punto de Europa. No lo atraparemos nunca.

—La Interpol lo está buscando —terció Vázquez—, crucemos los dedos. Es lo único que podemos hacer. Tarde o temprano caerá.

Crespo hizo una seña.

—Ven un momento, Rebeca, por favor.

Entraron en una sala vacía. Crespo le ofreció un café.

—Sé que estás decepcionada. A todos nos hubiera gustado pillar a Solana, pero no ha podido ser. Tenemos a Ferrándiz y a Anabel. Has hecho un gran trabajo.

—Lo dices para animarme, Crespo, y te lo agradezco.

—No lo digo para animarte. Te lo digo como superior tuyo. Puedes tener la conciencia muy tranquila. No seas tan exigente contigo misma, Rebeca.

—He cometido muchos errores en esta investigación. En casa de Mireia escuché el mensaje del banco. Era Solana. Le dejó un mensaje en el contestador a sabiendas de que estaba muerta. Luisa tenía una carta del banco, y Aina tiene cuenta allí. Yo lo sabía, y no lo relacioné. Lo tenía ante mis narices, Crespo. No lo supe ver. Solana huyó por mi incompetencia.

—Eso no es cierto. De no ser por ti, ni siquiera sabríamos que Solana es el asesino. Quizás debimos cu-

brir más flancos, cercarlo en un territorio más limi-
tado. Nos tragamos el cuento de que no le gustaba el
bosque y dimos por hecho que no se manejaría bien
allí arriba. El error, en todo caso, fue mío y de Robles.
No calculamos bien. Aun así, tampoco sabemos si lo
habríamos atrapado. Hay mil cosas que pueden salir
mal, intervienen muchos factores, incluida la suerte.
Anabel quedó inconsciente después de la caída y Solana no. Quedó herido, consiguió llegar al refugio y
coger el coche. Pudo ser al revés. Lo bueno es que no
hay que lamentar pérdidas ni heridos. Estamos todos
sanos y salvos. Y hay un cabrón menos ahí fuera. No
está tan mal. Ahora, poneos de una vez en serio con el
danés, que el jefe está muy pesado con eso.

La subinspectora reculó antes de llegar a la puerta.

—Hay un favor que quería pedirte, Crespo.

—Dispara.

Epílogo: La parte mala del negocio

—Lo hemos perdido, Rafa. Qué puta mierda.
—Santana paseaba por el salón con el teléfono inalámbrico en una mano y una taza de poleo en la otra.

—La parte mala del negocio, Rebeca. —Chasqueó la lengua—. Hay que contar con ella.

—Lo sé, pero me cuesta. Me cuesta aceptarlo. —Apartó las cortinas. Las calles estaban oscuras y solitarias. Bebió un trago de la infusión y se sintió confortada de estar con Malena, en casa, a salvo.

—He hablado con Crespo. Está muy contento con tu trabajo.

—Pues yo no lo estoy.

—Te exiges demasiado, Rebeca.

—Eso me han dicho.

—¿Y Malena?

—Durmiendo.

—Me alegro de que estés con ella.

—Y yo, no sabes cuánto me alegro. —Sorbió la infusión—. Ojalá estuvieras más cerca, Rafa. Te echo de menos.

El suspiro de Navarro cruzó la comunidad de Aragón hasta las calles de Barcelona.

—Ojalá, Rebeca, ojalá.

El favor solicitado a Crespo la llevó, por efecto rebote, a pedir otro favor al abogado de Ferrándiz, quien, a su vez, debía contar con la colaboración de su cliente. Activada la cadena de favores, pasó varias horas en el archivo. Tardó más de lo que había imaginado, pero finalmente encontró lo que buscaba. Subió a la moto camino, de nuevo, al Montseny, esta vez al casco urbano de Viladrau. Llamó al timbre de una vivienda de dos plantas, en plena calle principal. Se alisó el pelo nerviosa. La puerta se abrió un palmo. Una mujer de mediana edad la miró curiosa y desconfiada. Llevaba el cabello rubio recogido en un moño de institutriz británica y unas gafas de las que colgaba un hilo plateado.

—¿Qué desea?

Santana se presentó.

—Se trata de su hermana, señora Mas, de Natalia.

—Mi hermana desapareció hace veinte años.

—Lo sé. De eso precisamente quería hablarle.

Pasaron al salón. Un piano de cola presidía la estancia. Estaba abierto y había partituras por todas partes.

—Soy profesora de música —aclaró—. Siéntese, por favor. —Le indicó un sillón de terciopelo verde.

—La desaparición de su hermana ha surgido en relación a otro caso. El expediente de la investigación que se realizó en 1992 dice que Natalia salió de la clase de *ballet* aquel viernes por la tarde y ya nadie más volvió a verla.

—En efecto.

—Le contaré lo que ocurrió. A la salida de la clase, Natalia se encontró con José Luis Ferrándiz. Estaba esperándola, no fue un encuentro fortuito.

—¿Ese no es el «Violador del cuchillo»?

—Sí. De pequeño solía jugar cerca de aquí, en el bosque. Ferrándiz la invitó a merendar en la cabaña y Natalia, que lo conocía de otras veces, aceptó. En realidad se trataba de una treta. Andrés Solana, abuelo de un amigo de José Luis... —hizo una pausa para encontrar las palabras adecuadas—, era un pedófilo. José Luis le servía de señuelo para... para proporcionarle niñas. Andrés Solana las dormía echando un somnífero en la merienda. Por lo visto, se excedió en la dosis, de forma accidental, y Natalia no se despertó. La enterraron en el bosque. Ferrándiz nos ha indicado el lugar exacto. Mañana a primera hora de la mañana procederán a desenterrar sus restos.

La mujer apretó las manos huesudas y finas sobre el regazo.

—Por lo menos no sufrió, ¿verdad?

—No. No se enteró de nada. Se durmió y ya no se despertó más.

—Al fin podremos enterrarla. —Los ojos se humedecieron detrás de las gafas—. Lástima que mis padres no vivan para verlo. Murieron con la incertidumbre de no saber qué había ocurrido con Natalia. Nunca lo superaron. —Se secó los ojos—. Muchas gracias por venir y contármelo. No sé cómo agradecérselo.

—No hay de qué. Cuídese mucho.

Una vez finiquitado el último fleco del caso, se dirigió a la comisaría y solicitó por escrito las dos semanas de vacaciones que tenía pendientes. Se iría con Malena a Londres. Sus neuronas estaban saturadas y sus nervios, destrozados. Necesitaba un descanso, pasar tiempo con ella, desconectar y volver con fuerzas renovadas.

En la puerta de la unidad se tropezó con Vázquez.

—¿Has hablado con la familia de la niña desaparecida en 1992?

—Con la hermana. Al menos podrá enterrarla.

—Lo peor es la incertidumbre. No saber qué ocurrió. Gracias a ti ya lo sabe, y aunque sea terrible, le has quitado un peso de encima. Bien hecho, Hutch. —Consultó la hora—. Te dejo, que no llego.

—¿Y esa prisa?

—He quedado.

—¿El Geyper? A ver si esta vez consumas. ¿Llevas gomitas?

—Eso lo tienen que llevar los tíos. Como tú no usas de eso, no lo sabes —sonrió maliciosa.

—No seas antigua, Miriam —rio—. Los hay de sabores. Compra de esos. Ponle un poco de gracia, mujer.

—Anda, pasa. —La empujó hacia el aparcamiento—. Una bollera dándome consejos sobre condones. Lo nunca visto, vamos.

Se despidió de Vázquez entre bromas y se encaminó al Clínico. El estado de Aina no había cambiado un ápice, ni para bien ni para mal. Tomó asiento junto a la cama. Un celador pelirrojo y algo rechoncho entró en tromba, sofocado.

—Disculpe, subinspectora. —Acompasó la respiración—. Acaban de entregar un sobre para usted.

Santana tendió la mano hacia el sobre color sepia con una sensación de aprensión en la garganta. Pidió al celador unos guantes de látex y le dio la vuelta al sobre palpándolo con atención. El matasellos era de Montpellier. El celador se marchó tan aprisa como había llegado. En el interior había tres fotos de una mujer muerta, estrangulada con sus propias bragas sobre una alfombra de hojas amarillas, en un bosque. Una de ellas incluía un mensaje en el reverso: «Saludos, subinspectora. Atentamente, Matías Solana». Salió de la habitación y telefoneó a Crespo.

—Enseguida envío a alguien a recogerlo, Rebeca.

Aguardó a que el agente Cárdenas pasara a recoger las fotos, se lavó la cara con agua fría, tomó una tila aguachada en el bar y regresó a la habitación de Aina, temblorosa.

—No creas que me he olvidado de ti, guapa. —Trató de sonreír—. He tenido mucho lío. —Se frotó los ojos enérgicamente—. Aina, sé que estás muy cansada, que curras mucho y que vivir con Virginia desgasta lo suyo, pero ya has descansado suficiente, ¿no crees? —Interceptó una lágrima que se deslizaba por su cara y se sonó—. Necesito que vuelvas. Tú siempre estás ahí, apoyándome sin meter mucho ruido, discretamente. Cuando dije que quería entrar en el Cuerpo, Vicky y Virginia me machacaron viva, ¿te acuerdas? Vicky incluso me llamó fascista. Fascista, yo. Manda huevos. Ni siquiera mi abuelo se lo tomó demasiado bien. Se acordaba de los grises, de cuando aporreaban a los manifestantes. Decía que yo podía hacer cosas mejores. Solo tú me apoyaste, Aina. Tienes que despertar, cariño, por lo que más quieras. Te echo mucho en falta. —Volvió a enjugarse las lágrimas. Sonó un trueno ronco y poderoso. Santana se volvió hacia la ventana. Las nubes habían ganado terreno por sorpresa y la tarde soleada se despeñaba hacia un anochecer tormentoso—. Perdóname. —Bajó la cabeza y las lágrimas salpicaron sus Converse blancas—. Siento haberte fallado. Perdóname, si puedes. Soy una poli de mierda, tía. No supe ver que estabas en peligro y... y tampoco conseguí llegar a tiempo a la cabaña. He cometido demasiados errores, y tú has pagado por ellos. Es injusto. Nunca podré perdonarme todo lo que sufriste en aquel zulo. Nunca, por mil años que viva. A lo mejor debería dejar el Cuerpo y dedicarme a otra cosa. Soy incapaz de proteger a las personas que más quiero. —Levantó la cabeza y sollozó apoyada en las manos frías de Aina—. Sé que te vas a recuperar. No me preguntes por qué, pero lo sé. Me importa un cuerno lo que piensen los demás. Yo te conozco y sé que no te vas a rendir. No eres de las que se rinden. ¿Te acuerdas del viaje a Estocolmo? Hablamos de lo bonito que sería ver los fiordos noruegos. Si te despiertas, te llevaré a verlos, Aina. Palabra. Cruzaremos Europa otra vez. Te lo prometo.

Unos golpecitos sonaron en la puerta. Santana se apresuró a enjugarse de nuevo las lágrimas. Malena entró sonriendo, escrutó los ojos enrojecidos y húmedos y la expresión descompuesta de su novia, y la sonrisa que traía se disipó instantáneamente.

—¿Qué ocurre? ¿Estás bien, Rebeca?

—Charlaba con Aina y me he puesto sentimental.

Decidió no contarle las novedades acerca de Solana. La abogada besó a Aina en la frente y a Santana en los labios, con un beso largo y cálido; la estrechó suavemente y le arregló el pelo sin dejar de besarle la frente y los párpados.

—¿Puedo hacer algo para que te sientas mejor? —preguntó sentándose en sus rodillas.

Santana logró sonreír. Malena obraba esa clase de milagros.

—Si supieras cuánto bien me hace tenerte cerca, no me preguntarías eso.

—Me siento impotente. —Acarició su rostro humedecido por las lágrimas—. No soporto verte sufrir.

—Hay algo que puedes hacer, sí.

El semblante de Malena se iluminó como un árbol de Navidad.

—¿Qué? Haré lo que sea, nena. Lo que sea.

—Quiéreme con todas tus fuerzas.

—Te quiero con todas mis fuerzas, Rebeca. Lo sabes.

—Entonces —la miró conmovida—, todo está bien.

Malena la abrazó de nuevo y abrió el libro con ojos vidriosos.

—¿Por dónde íbamos? Ah, sí, cuando Ana y Vronsky empiezan a tontear. Es mi parte favorita.

Carraspeó y empezó a leer:

«Una nueva vida empezó desde entonces para Alexei Alexandrovich y su mujer. No es que pasara nada extraordinario. Ana frecuentaba, como siempre, el gran mundo, visitando mucho a la princesa Betsy y encontrándose con Vronsky en todas partes.»

Abril puso la banda sonora y las obsequió con una tormenta primaveral eléctrica y salvaje. La voz de Malena y las palabras de Tolstói se fundieron suavemente como el chocolate en el paladar. En el país de la nada, donde los truenos no alcanzan, Aina seguía soñando con fresas, Virginia y una tarde de junio.

NOTA DE LA AUTORA

Esta es una historia de ficción. Ni los personajes ni los hechos relatados están inspirados en personas o acontecimientos reales. He adaptado a la conveniencia de la novela el funcionamiento y las peculiaridades del sistema policial y judicial de Barcelona. En la actualidad no existe ninguna unidad del Cuerpo Nacional de Policía de características semejantes a las aquí descritas que opere en Barcelona.